今日も生きててえらい！
2
[著] Kishimoto Kazu
岸本和葉
阿月唯
JN075758

CONTENTS

kyo mo ikitete ERAI!

♥プロローグ♥ ゲーム 008

♥01♥ 怖い彼女 018

♥02♥ 彼女は生徒会長 042

♥03♥ 目隠しプレイ 068

♥04♥ 冬季だって 090

♥05♥ 春幸と八雲 120

♥06♥ ノブレス・オブリージュ 140

♥07♥ 勝利宣言 154

♥08♥ 先輩と後輩 174

♥09♥ 後輩と先輩 200

♥10♥ 夕陽に溶ける 218

♥エピローグ♥ 幸せの対価 256

今日も生きてて
えらい！
2
～甘々完璧美少女と過ごす
3LDK同棲生活～
[著] Kishimoto Kazuha
岸本和葉
[ill] Azuki Yui
阿月唯

■プロローグ：ゲーム

「ハル君！　ゲームしましょう！」

「ゲーム？」

順番に風呂《ふろ》に入った後、俺の恋人である東条冬季《とうじょうふゆき》が突然そんなことを言い出した。

彼女は目を輝かせながら、新しく購入したであろうゲーム機と、ゲームソフトを持っている。

「いいけど、それは何のゲームなんだ？」

「レースゲームです！　新天堂の名作レースゲームの続編ですよ！」

「へー……」

ソフトを受け取り、パッケージに目を落とす。

パッケージの中心では、赤い帽子を被《かぶ》った髭《ひげ》の男が緑色の甲羅を持ってゴーカートに乗っていた。

このシリーズはどこかで遊んだことがある。

確か小さい頃に、携帯ゲーム機で友達と遊んでいた。

多少の操作感なら覚えているし、慣れれば勝負にはなりそうな予感がする。

「冬季《ふゆき》はやったことあるのか？」

「いいえ。そもそもテレビゲーム自体ほとんどやったことがありませんね。でも大抵のものは一度触れれば覚えられるので、多分大丈夫です」

強がりでも何でもなく、彼女の言っていることは本当のことなのだろう。

学校屈指の優等生でありながら、すでに大企業の社長である両親からいくつかのプロジェクトを任され、あらゆる分野において類を見ない才能を発揮しているのが、この東条冬季《とうじょうふゆき》という少女だ。

きっと彼女は否定してくれるが、俺とは根本的に〝出来〟が違うと言っていい。

「せっかくですし、負けた方は何でも言うことを聞くっていうのはどうですか？」

「……お手柔らかに頼むよ？」

「ふふっ、ハル君に何でも言うことを聞いてもらえるって思ったら、手加減はできません」

悪い笑みを浮かべた冬季《ふゆき》は、意気揚々とゲームを起動した。

「ど、どうしてそこにバナナの皮が落ちているんですか⁉」

部屋の中に、冬季《ふゆき》の悲痛な声が響く。

彼女はたった今、ＣＰＵが仕掛けた姑息《こそく》なレース妨害アイテムを踏んでスリップした。

元々八位という下位だった彼女は、そこで失速したせいでさらに大きく順位を落とす。

とっくにゴールしていた俺は、その様子を哀れみの視線で見ていた。

「十一位……」

「……まあ、最下位じゃないだけよかったじゃないか」

「このゲーム難しすぎます！」

涙目で冬季《ふゆき》が嘆く。

彼女にできないことがあるなんて、本当に珍しい。

いくらテレビゲームが初めてとはいえ、まさかここまでできないものだとは思わなかった。

オセロや将棋、チェスのような頭を使うゲームでは、俺は彼女にまったく歯が立たないのだが――――。

「思ったように動いてくれないんですよ……自分が曲がろうと思った時に曲がり過ぎてしまったり、逆に全然曲がってくれなかったり……」

「冬季《ふゆき》にも苦手なものってあったんだな。ちょっと安心したよ」

「うー……もう一回やりましょう！　次こそは勝ってみせます！」

「それはいいけど、罰ゲームのことはちゃんと覚えておくから」

「うっ！　お、女に二言はありません！　後で何でも言うこと聞いてあげます！」

「よし、じゃあ続きやろうか」

俺は次のゲームへを選択し、ゲームを再開する。

それから十レースくらいはやっただろうか。

結果は、俺の八勝二敗。

さすがに勝手が摑《つか》めてきたようで、後半の二レースは普通に負けてしまった。

どうやら自分の知っている車やバイクの知識と、ゲーム内で操作する乗り物の感覚が違い過ぎたのが原因らしい。

四レースほど操作感を確かめた彼女はその後様々なことを試して、最終的には俺を圧倒的に上回った。

「なるほど……想像以上に面白いですね、テレビゲームというのは」

「冬季《ふゆき》はさすがだな。もう何度やっても勝てる気がしないよ」

「でもハル君だってずっと二位につけてましたし、今後はかなりいい勝負ができそうでしたよ？」

「そうだといいな……俺も結構楽しめたし」

「それならよかったです……では――」

冬季《ふゆき》は突然神妙な顔つきになると、そのまま寝室の方へと向かう。

もう寝るのだろうか？

確かめるために俺も寝室へと向かうと、彼女はベッドに横になって、潤んだ瞳で俺を見ていた。

「罰ゲームの……時間ですよね？」

「え？」

「私は準備できてます。脱げと言われれば今すぐに……」

そう言いながら、冬季《ふゆき》は自分の部屋着に手をかけ、ゆっくりと胸元を開けていく。

彼女の豊かな胸の谷間がくっきりと見え、俺の思考は一瞬にしてショートした。

「なっ……なななっ⁉」

「お試し期間も終わり、あなたと正式に恋人になって、当然こういう時が来ることは覚悟はできていました。……いつでもどうぞっ」

彼女は目を閉じて、両手を広げる。

その姿は容易《たやす》く俺の理性を揺さぶり、内なる獣を呼び覚まそうとしてきた。

駄目だ――――。

とっさに俺は自分の頬を全力で殴っていた。

「ハル君⁉」

「ハジメテガバツゲームナノハヨクナイ」

「大変です！　ハル君がロボットみたいになっちゃいました！」

俺は冬季《ふゆき》に腕を引っ張られ、再びソファーの方に座らされる。

そのままゆっくりと体を倒されると、俺の頭は冬季《ふゆき》の太ももの上に乗せられていた。

最近定着した、くつろいでいる時の体勢。

初めは照れ臭かったものの、いつの間にか一番リラックスできる形になってしまった。

「ごめんなさい、ちょっと意地悪し過ぎました」

「いや……むしろ意気地なしで申し訳ないというか……」

「大事にしてくれているってことが伝わってきて、私は正直嬉《うれ》しいですよ？　もちろんいつでも準備ができているというのも本音ですが、こういうことはお互いの意志が揃《そろ》っていることが大切だと思うので」

「そうか……じゃあ、もう少しだけ待っててもらえるか？　こういうことはその……ちゃんとしたいんだ」

「はいっ！　では、お待ちしてますね」

冬季《ふゆき》はそう言いながら、俺の頭をゆっくりと撫《な》でてくれる。

この時間が、俺はたまらなく好きだ。

触れ合っている部分から彼女の体温が伝わってきて、じわじわと幸せが腹の底から湧き上がってくる。

もし、体を重ね合わせてしまえばどうなってしまうのだろう？

今でも十分すぎるほど幸せなのに、これ以上は自分がパンクしてしまいかねない。

それが少し、恐ろしい。

「焦《あせ》るとろくなことにならないのは事実ですしね、こういうことだけでなく、どんなことも私たちのペースでゆっくり行きましょう。その方が二人で歩いているって感じがしますし」

「……ありがとう」

本当に、俺には勿体《もったい》ないくらいの女性だ。

強くて、優しくて、完璧で、可愛《かわい》くて、カッコいい。

だけどもうそのことでくよくよ悩んだりはしない。

悩んでいた時の俺は、どこまでも覚悟が足りなかった。

俺はもう、東条冬季《とうじょうふゆき》のモノになったのだ。

どんなことがあろうとも、自分から離れたりはしない。

俺のやるべきことは、彼女に相応《ふさわ》しい人間になるために努力を続けることだ。

「────待てよ？」

「どうかしました？」

さっきから何となく引っ掛かっていたことがあったのだが、冬季《ふゆき》の顔を見ていたらその正体にようやくたどり着けた。

「どうして冬季《ふゆき》がわざわざやったこともないゲームで罰ゲームを懸けて挑んできたのか、ずっと引っ掛かってたんだ」

「うっ……」

「まさかとは思うけど、わざと負けて罰ゲームを受けようとしてなかったか？」

「……」

この場において、無言は肯定と同義だった。

俺がジト目で睨《にら》むと、いたたまれなくなったであろう冬季《ふゆき》は慌てて身振り手振りで取り繕い始める。

「そ、そんなわけないじゃないですかっ！　負けるつもりで勝負を挑むなんてことしません！　ほ、ほら！　そんなことよりハル君！　スマホに何か通知が来てますよ⁉」

「……」

完全に誤魔化されたが、スマホに何か通知が来ていることは確かなようだった。

テーブルの上に手を伸ばして、そこに置かれたスマホを手に取る。

こんな時間にラインしてくる相手なんて、親友である西野雅也《にしのまさや》くらいしか心当たりがない。

そう思って画面を見ると、そこにあった名前は予想とは違うものだった。

「八雲《やくも》？」

「っ」

俺が後輩である八雲世良《やくもせら》の名を口にすると、冬季《ふゆき》の肩がぴくりと動く。

俺たちと同じ学校の一年生であり、俺のバイト先の後輩でもある彼女は、最近やたらと冬季《ふゆき》に絡《から》んでくるようになった。

「……週明け、一緒に昼飯を食おうって。冬季《ふゆき》も一緒に」

「まあ、私は構いませんけど……昼休みは基本西野《にしの》君もいますし、どのみちハル君と二人きりで食べているわけではないので」

「そ、そうか……じゃあオーケーを出しとくよ」

冬季《ふゆき》はどこか複雑そうな表情を浮かべており、俺は少しだけ申し訳ない気持ちになる。

教室で初めて冬季《ふゆき》と八雲《やくも》が顔を合わせた際、八雲《やくも》は彼女に対してこうタンカを切った。

『あなたが春幸《はるゆき》先輩に相応《ふさわ》しい人かどうか！　この八雲世良《やくもせら》が見極めさせてもらいます！』

どういうつもりか知らないが、八雲《やくも》が冬季《ふゆき》のことをあまりよく思っていないことは確からしい。

俺の心配をしているらしいが——まあ、詳しいところは本人に聞かなければ分からないな。

「……この東条冬季《とうじょうふゆき》は、他人からの評価に一々一喜一憂するような人間ではありません」

俺が八雲《やくも》への返信を打ち終わると、突然冬季《ふゆき》がそんなことを言い出した。

「しかしッ！　甘く見られていると感じたその時はッ！　完膚なきまで叩《たた》き潰《つぶ》さなければ気が済みませんッ！」

「お、おう……」

「見ていてくださいハル君！　必ず八雲《やくも》さんを黙らせてみせますからッ！」

冬季《ふゆき》は奇妙なポーズを取りながら、そう宣言してみせた。

きっと何か漫画かアニメに影響を受けたのだろう。
――それはともかくとして。
一番重要なことは、あの東条冬季《とうじょうふゆき》がやる気になってしまったということ。
八雲《やくも》がどういう目に遭うことになるのか、俺にはもう想像することすらできない。

■01：怖い彼女

冬季《ふゆき》とのゲーム対決を終えた、その翌日の日曜日。

今日は久しぶりにコンビニのシフトが入っていた。

本来であれば土日は両方とも冬季《ふゆき》と共に過ごすのだが、今日に限って彼女は緊急の仕事で両親の会社へと出向いているようで、夜までは帰ってこない。

どうせ夜まで一人なら、ということで、今日を復帰の日にさせてもらったのだ。

店長に無理を言って冬季《ふゆき》とのお試し同棲《どうせい》期間分休みをもらっていたため、実に一ヵ月以上ここには来ていないことになる。

それほど時間が空くと働き慣れた場所もやけに新鮮に感じられるもので、俺はいつになく緊張しながら店内へと足を踏み入れた。

「お疲れ様です」

「あ、お疲れ様でーす。久しぶりっすね」

「ご無沙汰してます。今日は俺と交代ですか？」

「そうなりますねー」

「じゃあ奥で着替えてきますね」

もう一年以上働いているから、このバイトの人とも顔見知りだ。

俺はレジの向こうに抜けて、奥へと進む。

「お、稲森《いなもり》か」

「お疲れ様です、店長」

バックヤードには、休憩中の店長がいた。

早乙女寧々《さおとめねね》さん。年齢二十八歳。

美人で背が高く、客からの人気も高いが、酒癖が悪いせいでまったく彼氏ができないらしい。

かなり面倒見のいい姉御肌で、実際に姉がいるならこんな人がいいと思わせてくれる。

長い休みとシフトを大幅に減らしたいという俺の要望をすんなりと受け入れてくれて、俺は今この人に頭が上がらない状態になっていた。

「うい、お疲れ。そっか、今日から復帰だったっけ」

「はい。あ……前よりシフト入れなくなってすみません……」

「ああ、いいよいいよ。これまで稲森《いなもり》がいるとだいぶ楽になってたんだけど、それじゃ新人が育たないしねぇ……」

「え、俺ってそんなに貢献してました……？」

「んー、何て言うんだろ……売上にも多少影響が出てる部分があってさ、私のメンタル的にも、安心して構えていられるっていうか……それに稲森《いなもり》がいる時って、あんまり客からのクレームも入らないんだよね」

素直に嬉《うれ》しい話を聞いた。

自分が役に立っているというか、必要とされているのは素直に嬉《うれ》しい。

たとえお世辞だったとしても、それを言うだけ俺を必要としてくれているんだと思うと嫌な気持ちにはならなかった。

「でも本当に辞めるって言われなくてよかったよ。もしあんたがここを辞めてたら、私八雲《やくも》に胸倉摑《つか》まれてたと思うね。うん」

「過激なところがありますもんね、あいつ……」

「あんたの前ではそう見えているかもしれないけど、普段は別にそんなこともないんだよ？」

「え、そうなんですか？」

「あの子、ずいぶんと稲森《いなもり》のことを慕ってるからね。あんたのことになると目の色が変わるんだよ」

うーん、別に何か八雲《やくも》に慕われるようなことをした覚えがないんだよな。

確かに八雲《やくも》のピンチを救うようなことはあったけど、それはずっとお互い様だった。

俺だって手が回らない時は八雲《やくも》に手助けしてもらっていたし、働き詰めで苦しくなってきた時は、あいつの明るさが元気をくれたことを覚えている。

「ちょっと聞きたいんだけど……稲森《いなもり》はさ、八雲《やくも》と付き合うこととか考えたことないの？」

「え、急に何ですか……？」

「いや、だってさ、二人とも学校でもバイト先でも先輩後輩で、かなり関係性も近いでしょ？

お互い気が合ってもおかしくないと思ってさ」

「うーん……」

八雲《やくも》は俺にとって大事な後輩だ。

それ以上に何か特別な感情を抱いたことはない。

「気が合うのは確かかもしれませんが、付き合うとか、そういうのは考えたことないですね。

それに今は俺も付き合っている人がいるので……」

「え⁉　稲森《いなもり》恋人いんの⁉」

「は、はい……」

そんなに驚かれることだろうか。

「はー……忙しそうにしてるからそういうのはいないと思ってたよ」

「まあ、できたのは最近なので……」

「待って、じゃあここ一ヵ月バイトを休んだのは、その彼女と遊ぶためか⁉」

「ちょ、勘弁してください……そういうわけじゃないんで」

限りなく近いけど、別に遊んでいたというわけではないのだ。

今後の人生のために、俺と冬季《ふゆき》は色々と近づく必要があったのだから。

「冗談だよ。あんたが遊《あそ》び惚《ほう》けられるような男じゃないってことは知ってるしね。事情があったんだろ？」

「……はい」

俺と冬季《ふゆき》のことを説明するのは、極めて難しい。

同棲《どうせい》していることは雅也《まさや》以外には話していないし、あんまり言いふらすようなものでもないと思っているから、外では極力言いたくない。

後は純粋に、東条冬季《とうじょうふゆき》という存在を説明するところがすでに難しいのだ。

有名な東条《とうじょう》グループの令嬢で、すでに会社を持っていて、銀髪美少女で、学校でも人気者で。

それらのことを分かりやすく伝える自信が、俺にはない。

しかもそんな彼女が俺を好きだと言ってくれているなんて、誰が信じるだろう？

――いや、きっとこういう考えがよくないんだ。

今じゃなくても、いつか店長には胸を張って冬季《ふゆき》のことを紹介しよう。

そして冬季《ふゆき》には、店長のことを俺がお世話になった人間だと紹介するのだ。

「ま、戻ってきてくれたなら私から言うことはもう何もないよ。今日からまたよろしくね」

「はい、こちらこそお世話になります」

俺は着替えを終え、自分が使わせてもらっているロッカーを閉じた。

それと同時に、バックヤードに見知った顔が飛び込んでくる。

「すみません！　遅くなりました！」

「おー、八雲《やくも》。あんたギリギリだぞ？」

「本当にすみません！　身だしなみに気を遣い過ぎて家を出るのが遅くなりました！」

「ん！　正直でよろしい！　早く着替えな！」

「は、はい！」

息を切らしながら深々と頭を下げた八雲《やくも》は、そのまま俺の隣まで歩み寄ってくる。

そして俺にもぺこりと頭を下げると、照れ臭そうに頬をかいた。

「すみません春幸《はるゆき》先輩……お見苦しいところを見せてしまって」

「別に遅刻したわけじゃないんだから、気にするなよ。それより、俺の方こそ今日までシフトに入らなくて悪かった」

「いえいえ！　春幸《はるゆき》先輩のことですから、それなりの理由があったのだろうと理解しております故！　今日からまた一緒に働けるみたいで嬉《うれ》しいです！」

「そう言ってもらえると助かるけどさ……」

キラキラした目で俺を見る八雲《やくも》。

冬季《ふゆき》から好意を向けられていると知った時もそうだったが、彼女がここまで自分を慕ってくれている理由が分からず、正直言って困惑が隠せない。

だけど冬季《ふゆき》と付き合うようになってから、俺には一つ学んだことがある。

それは、自分にとっての当たり前は、誰かにとっての当たり前ではないということだ。

そんなこと、学ぶまでもなく当たり前のことなのかもしれないけれど、要は自分だけの常識で物事を決めつけるべきではないという話である。

八雲《やくも》には八雲《やくも》の考え方や感性があって、その末で俺を慕ってくれている。

それを否定する権利は、誰にだってない。


お互いコンビニの制服に着替えてから（もちろん中に着た状態で上着を替えただけだが）、バックヤードを出る。

前のバイトの人と交代し、午前から夕方にかけては俺と八雲《やくも》、そして店長の三人で回す。

やることはレジ対応と、品出し、それからホットスナックの調理。

まあ一般的なコンビニのバイトとなんら変わらない。

「八雲《やくも》、ちょっとブランクがあってもしかしたら手間取ることがあるかもしれないから、その時はサポート頼めるか？」

「もちろんですっ！　むしろあたしが足を引っ張ることが予想されますので、その時はお願いします！」

「清々《すがすが》しい顔で言うことじゃないな、それは」

完全に開き直った姿勢を見せる八雲《やくも》に対して苦笑いを浮かべつつ、俺は仕事に集中し始める。

思ったよりも仕事内容を忘れてはいなかったようで、レジ打ちなどはスムーズに行えた。

客への対応も、感覚としては悪くなかった――――と思う。

「あら、店員さんお久しぶりねぇ」

「はい、お久しぶりです」

「いやぁ、ずっとお店にいないからおばさん心配しちゃったわよぉ」

「ご心配をおかけしました。ちょっと学業の方で色々ありまして……今後は勤務日数も少なくなりますが、またよろしくお願いします」

「うん、頑張ってねぇ」

コンビニにも少なからず常連さんという者がいて、この女性もその一人だった。

名前も知らないし、何となく分かることはこの近くに住んでいるのだろうなってことくらい。

けどこうしてレジで対面すれば雑談くらいはするし、たまに彼女の近況を聞くようなこともある。

店員としてこういうやり取りが必ずしも必要なものとは言えないかもしれないけれど、それでも俺にとっては大事なコミュニケーションの一つであった。

「ねぇ、どっちか品出しお願いしていい？」

レジを回しているうちに、商品が詰まったケースを積んだ台車を押しながら、店長がそんな頼みを投げかけてきた。

「あたしがやります！　任せてください！」

「あ、ああ」

サムズアップしながらレジを離れた八雲《やくも》が、台車を引き継ぐ。

――ちょっと心配だな。

別に台車を押しているだけなのに、八雲《やくも》の動きは妙に不安になってしまう。

今は客も少ないし、数分ならレジを離れても大丈夫だろう。

俺はフラっとレジを離れ、八雲《やくも》の下に急いだ。

「あっ……！」

案の定というか、彼女の押していた台車の後輪が浮かび上がる。

どうやら客の誰かがハンカチを落としてしまっていたようで、それに引っ掛かったらしい。

このままでは商品が床にぶちまけられてしまう。

本当に、予想していてよかった。

「おっと」

俺はすでに八雲《やくも》の前面に回り込んでいて、崩れようとしていたケースを押さえ込んだ。

彼女には張り切り過ぎてしまうという悪い癖がある。

やる気に満《み》ち溢《あふ》れているというのはもちろん素晴らしいことだし、褒めるべきことだし、尊敬すべきことなのだけれど、残念なことに八雲《やくも》はそれが大体悪い方向へと進んでしまうのだ。

「す、すみません！　先輩！」

「大丈夫だ。俺がこのまま支えてるから、ゆっくり元に戻してくれ」

「はい……！」

崩れかけたケースたちを、八雲《やくも》が直す。

ホッと一安心したところで、俺はケースから離れた。

「すみません……あたし、またドジを……」

「別にいいって。お前の普段の働きに比べれば、こんな前もって防げるようなドジは大した問題じゃない」

台車が引っ掛かった誰かの落とし物のハンカチを拾い上げ、俺は背筋を伸ばす。

実際八雲《やくも》は優秀だ。

客からの評判はいいし、たまにあるこういったドジだけ防いでやれば同僚としてはむしろ頼もしい。

どうしようもないレベルならとっくに店長にクビにされているはずだから、店に貢献していることは間違いないのだ。

「もうさすがに大丈夫だな？」

「はいっ！　先輩に救ってもらったこの商品たち……！　このあたしがすぐに綺麗《きれい》に並べてみ

せます!」

「あ、ああ……頼んだぞ」

気合十分といった様子なのは結構なのだが、またドジをしないことを祈る。

さすがに陳列中にやらかしたことはないはずだから大丈夫だとは思うけど――――。

「ありがとね、稲森《いなもり》。やっぱりあんたじゃないと八雲《やくも》のドジはカバーしきれないや」

業者の方の搬入作業を手伝っていた店長は、俺にそんな言葉をかけてきた。

それに対して俺は首を横に振る。

「慣れてるだけですよ。店長だって俺がいない時は八雲《やくも》のカバーをしてたんじゃないですか?」

そうでなければこのコンビニは頻繁に商品がぶちまけられることになってしまう。

「んー……あんたがいない時は別にドジもしないんだけどね」

「え?」

「いや、何でもない。それよりまたレジ打ち頼むよ」

「あ、はい」

言われた通りにレジに戻った俺は、再び客が会計に来るのを待ち始める。

八雲《やくも》がドジをしない。

そんなことがあり得るのかと疑問に思ってしまうくらいには、彼女は俺の中でおっちょこちよいの代表格である。

妙な疑問を植え付けられたまま、俺は残りの仕事をこなしていく羽目になった。


「ふぅ……」

勤務時間を終えた俺は、ロッカーの前で着替えながらため息を吐《つ》いた。

久しぶりのシフトで、思いのほか体力を持っていかれた感じがする。

鈍《なま》った体でいきなりフルタイムは少々荷が重かったらしい。

ただ、感覚はかなり取り戻した。

放課後の勤務くらいなら、これからも滞りなくこなせるような気がする。

「先輩……今日はすみませんでした」

「気にするなって言っただろ？　結局何事にもならなかったんだから、それでいいじゃないか」

「うう……や、優しさが胸に……」

どこか苦しそうに胸を押さえる八雲《やくも》を見て、俺は苦笑いを浮かべる。

八雲《やくも》のシフトは、基本土日に入っている。

理由はよく分からないが、おそらく放課後が忙しいのだろう。

これまで俺は土日もフルで働いていたから常に彼女のサポートをすることができていたが、今後はそれも難しい。

となると、やはり先輩として心配が募る。

「……春幸《はるゆき》先輩」

「ん？」

「本当に、東条《とうじょう》先輩と付き合ってるんですか？」

「どうしたんだ、今更」

「いえ、まあ……ちょっと信《しん》じ難《がた》いと言いますか」

まあ、その意見は理解できる。

俺だって、ずっと冬季《ふゆき》みたいな裕福な家の人間はそれなりの人とお付き合いしてそのまま結婚するものだと思っていた。

そうじゃなくとも大学生とか、学校中の人気者とか――――少なくとも、俺が選ばれたことに対して疑問を抱いている人間はまだまだ多いだろう。

「本当の話だよ。確かに俺は冬季《ふゆき》には不釣り合いな人間かもしれないけど……」

「ああ、いえ、そういう話ではなく。東条《とうじょう》先輩はちゃんと春幸《はるゆき》先輩の良さを理解しているのかと思いまして」

「え？」

「ほら、春幸《はるゆき》先輩って欠点がないじゃないですか。何でもできるし、あたしがドジ踏んでもすぐに助けてくれるし、頼《たよ》り甲斐《がい》もあるし、優しいし。そこら辺の女じゃ全然春幸《はるゆき》先輩には釣り合いませんよ」

八雲《やくも》の言っていることがすんなりと頭に入ってこない。

まさかとは思うが、八雲《やくも》は冬季《ふゆき》のことを〝そこら辺の女〟というのだろうか？

あの東条冬季《とうじょうふゆき》を軽視できるのは中々の大物というか何というか。

もちろん軽視すること自体が褒められるようなことではないものの、あまりにもあっさりと言ってのけるものでツッコミを入れるタイミングを逃してしまった。

周囲から完璧超人扱いされているのはもちろん冬季《ふゆき》の方だが、どうやら八雲《やくも》の中ではそうではないらしい。

「素晴らしい人格者である春幸《はるゆき》先輩に相応《ふさわ》しい女性であるかどうか、やっぱりこのあたしが見極める必要があると思うんです」

「……まさか、あのメッセージはそのために？」

「はいっ！　春幸《はるゆき》先輩の彼女たるもの、素晴らしいお弁当を作ることができる存在でなければなりません！　その辺り、しっかりとこの八雲世良《やくもせら》が見極めますので、春幸《はるゆき》先輩は大船に乗ったつもりで見守っていてください！」

頼っていいのか心配した方がいいのかよく分からない要求である。

その後俺は何とか八雲《やくも》を諭せないものかと説得を試みるが、どうにも聞き入れてはもらえないようだった。

何故《なぜ》か八雲《やくも》が焦《あせ》っているように見えるのは、気のせいだろうか――。

◇◆◇

「――というわけで、来ました！」

「あ、ああ……」

昼休みになり、八雲《やくも》は誘いの通り弁当を持って俺たちの教室へやってきた。

挨拶すると同時に、八雲《やくも》と冬季《ふゆき》は俺を挟んで視線を交差させる。

どうしてだろうか？　ただ二人の眼《め》が合っただけなのに、そこに火花が散ったように見えた。

「こんにちは、八雲《やくも》さん。お誘いいただけて嬉《うれ》しいです」

「いえ、別に。あたしは東条《とうじょう》先輩が本当に春幸《はるゆき》先輩の彼女として相応《ふさわ》しいか、確かめたいだけですから」

「……何故《なぜ》、あなたの許可が必要なのですか？」

冬季《ふゆき》はニコニコと笑みを浮かべながら、そう問いかける。

笑顔であるはずなのに、どこか恐ろしい圧力があった。

しかし言っていることはごもっとも。

俺たちが付き合うことに、誰の許可も必要ないはずだ。

「必要に決まっているじゃないですか！　あたしは春幸《はるゆき》先輩の後輩なんですから！」

――はい？

「あたしは春幸《はるゆき》先輩を心の底から尊敬し、敬愛してます！　春幸《はるゆき》先輩がいないところに八雲世《やくもせ》良《ら》あらず！　あたしと春幸《はるゆき》先輩は、先輩後輩として一つのコンビなのです！」

まあ、ある意味それもごもっとも。

先輩がいなければ後輩は生まれないわけで、後輩がいなければ先輩にはなれない。

だから〝春幸《はるゆき》先輩〟には八雲《やくも》が必要ということだ。

稲森春幸《いなもりはるゆき》としては、甚だ疑問ばかりが先行するけれど。

「ある種の一心同体！　つまり、春幸《はるゆき》先輩の半身はあたし！　つまりつまり！　あたしの許可なくしては春幸《はるゆき》先輩とは付き合えないということですッ！」

頭でも打っちゃったのかな。

まったくもって言っている意味が分からないし、俺は俺だし、八雲《やくも》は八雲《やくも》だ。

しかし何故《なぜ》か、冬季《ふゆき》の額には汗が滲《にじ》んでいる。

何故《なぜ》か「してやられた」とでも言いたげな表情を浮かべており、八雲《やくも》を見ていた。

「くっ……この東条冬季《とうじようふゆき》が……論破される⁉」

冬季《ふゆき》も頭打っちゃったのかな。

冷静になれとツッコミを入れようとした時、俺はあることを思い出し口を閉じた。

そういえば、冬季《ふゆき》が俺に結婚してほしいと言ってきた時も、彼女の理論は大概だった気がする。

ああ、なるほど。

どうやら二人ともぶっ飛んだ思考を持っているせいで、妙なシンクロが実現してしまったようだ。

俺自身何を言っているのか分からなくなってきたが、出会う場所が違えばきっと二人はいい友人になれていたということは分かる。

こんな時、俺の親友である西野《にしの》雅也《まさや》もいてくれれば少しは俺への負荷も軽減されたのだが、奴《やつ》は面倒事を避けるために、今日のところはバスケ部の連中と弁当を食べるらしい。

その行動は正解だったと言わざるを得ない。

「あたしを認めさせるには、東条《とうじょう》先輩が己の〝彼女力〟を示すしかありません！　さあ、まずはあなたの手作り弁当から確かめさせていただきましょうか！」

「小癪《こしゃく》な……！」

何故《なぜ》バトルマンガ風なのだろう。

というか八雲《やくも》は冬季《ふゆき》の弁当が食べてみたいだけなんじゃないか？

彼女が手作り弁当を持ってきていることは、毎日教室で食べていた時点でとっくに知られて広まっている。

そしてそれが絶品であることも――――。

「……いいでしょう、食べさせてあげますよ」

「ふっ、東条《とうじょう》先輩は料理もすごいと噂《うわさ》されていますが！　噂《うわさ》は噂《うわさ》！　どうせ中身は冷凍食品ばかりで――――」

八雲《やくも》の目の前で、冬季《ふゆき》は弁当箱を開ける。

そこにあったのは、色とりどりのおかずと、カツオのふりかけがかかった艶のある白米。

おかずは彼女手製の生姜《しょうが》焼きと、焼いたウィンナー。

俺の好きなたまご焼きに、程よく胡椒《こしょう》の効いたポテトサラダとミニトマト。

ポテトサラダの横には新鮮なレタスが添えられており、緑色もしっかりと確保されている。

見ただけで食欲がそそられる美味《おい》しそうな弁当だ。

改めて思うと、これを毎日食べられる俺はあまりにも幸せ過ぎる。

「は……春幸《はるゆき》先輩……」

「ここまで来て怖気《おじけ》づくなよ……挑発したのはお前だぞ」

八雲《やくも》は非の打ち所がない冬季《ふゆき》の弁当を前にして、怯《おび》えたような表情を浮かべた。

こうなることはおおよそ予想できていたとはいえ、我が後輩ながら少し情けない。

「生憎《あいにく》取り皿がないのでお弁当の蓋を使うことになってしまいますが……はい、どうぞ」

「あ、ありがとうございます……」

近くの空いている席に座り、八雲《やくも》は冬季《ふゆき》の弁当の一部を受け取る。

そして生姜焼《しょうがや》きを自身の箸で口に運び、頬張った。

「っ！　……美味《おい》しい」

「あら、お口に合ったようで何よりです」

「ぐ……」

今度は冬季《ふゆき》の番らしい。

八雲《やくも》は悔しげに顔を歪《ゆが》めつつ、他のおかずにも手をつけていく。

そしてすべてを一通り味見した後、彼女は冬季《ふゆき》に蓋を返した。

――凄《すさ》まじく虚無な顔で。

「や、八雲《やくも》？」

「……はっ!?　あたしとしたことが……あまりの美味《おい》しさに意識を失っていました！」

もはやそれは完全敗北なのではないか？

「八雲《やくも》、もう満足したか？」

「――いえ、まだです」

「え？」

「料理が上手《うま》くとも、他ができない女性だっていくらでも存在します！　すべて確かめられるまで、あたしは東条《とうじょう》先輩が春幸《はるゆき》先輩の彼女だとは認めませんから！」

八雲《やくも》は勢いよく立ち上がり、そう冬季《ふゆき》にタンカを切った。

「それじゃあ失礼します！　あ、お弁当ありがとうございました！」

「あ、おい！」

八雲《やくも》はそう言い残して、教室から去って行ってしまう。

律儀《りちぎ》にちゃんとお礼を残していくところが、俺の知っている八雲《やくも》らしい。

「……ふぅ、さすがはハル君の後輩。意外と手強《てごわ》い相手のようですね」

「何か冬季《ふゆき》……楽しんでないか？」

「あら、バレましたか」

冬季《ふゆき》は口元に手を当てて、いたずらっぽく笑う。

「少し面白いと思いまして」

「面白い？」

「私たちの関係が周りにバレた時、ハル君は散々なことを言われてしまいましたよね？」

「あ、ああ……そうだな」

あの時の経験は、決していい思い出とは言えない。

しかしあの経験がきっかけとなり、俺は変わろうと決意した。

両親の死後、初めて前向きになれたのだ。

そう考えると、俺にとっては必要な経験だったと言える。

「それでハル君は努力してくださいましたが……少し不公平だと思っていたんです」

「不公平？」

「私は何の努力もしてないじゃないですか」

「いや、でもそれは……」

「自分で言うのもなんですが、私は何でもできます。才能に溢《あふ》れている人間であることは自覚しているんです」

こう告げているのが東条冬季《とうじょうふゆき》でなければ、俺は冗談だと思っていただろう。

しかし東条冬季《とうじょうふゆき》がそう口にした以上、それは間違いない。

そして誰もが、この言葉を信じるはず。

東条冬季《とうじょうふゆき》という人間は、そういう存在なのだ。

「だから、すごく新鮮なんです。面と向かって自分を認めさせろって言ってくる人との出会いが」

「……そうか。でもそう感じているということは、この先きっと八雲《やくも》とも仲良く――」

「楽しみですね、合法的にそういう人を徹底的に叩《たた》き潰《つぶ》せると思うと」

「……」

満面の笑みで、冬季《ふゆき》はそう言い放つ。

「なんたって、挑発してきたのは八雲《やくも》さんの方ですから。絶対に泣き言は言わせません」

「……お手柔らかにな」

俺の彼女は、可愛《かわい》くて、万能で、優しくて、そして。

――時々怖い。

■02：彼女は生徒会長

翌日の昼休み。

俺は雅也《まさや》に誘われ、食後に体育館を訪れていた。

「悪いな、付き合ってもらって」

「いいよ。冬季《ふゆき》も何か用事があったみたいだし」

雅也《まさや》がワンバウンドさせたバスケットボールを、俺は両手で受け止める。

そしてまったく同じ軌道に乗せて、俺はそのボールを雅也《まさや》へと返した。

「懐《なつ》かしいよなぁ……中学時代の昼休みも、こうしてパスの練習に付き合ってもらってたっけ」

「ああ、そうだったな」

パスの軌道を、ワンバンからダイレクトに切り替える。

遊びの範囲ではあるものの、ずっと雅也《まさや》の練習に付き合っていたせいか何となく体がパスの仕方を覚えていた。

もちろん雅也《まさや》が俺に合わせてくれている部分もあると思うけれど、上手《うま》くパスが回せるとやっぱり気持ちがいい。

「もうすぐ球技大会だろ？　だからお前の仕上がりを見ておきたくてさ」

「俺の仕上がりって……別に大した戦力にはならないと思うぞ？」

「謙遜すんなって。俺、ずっとお前のことをバスケ部に誘ってただろ？」

「ああ、ずっとどうしてなのか不思議だったけど」

ずっと前から、雅也《まさや》は俺にバスケをやらないかと誘い続けてくれていた。

中学の頃までは部活で剣道をやっていたし、辞める気も起きなかったからその誘いに乗ることはできなかったのだが――。

「あれはさ、お前にセンスがあったからなんだよ」

「センスって……バスケ部のエースに言われると勘違いするだろ」

「お世辞じゃねぇって！　さすがに東条《とうじょう》ほどではないかもしれねぇけどさ、お前も十分才能人だと思うぜ」

「……そうかな」

友人から褒められていることは素直に嬉《うれ》しく思うが、複雑さもある。

もし才能人なら、きっと剣道でもっと大きな結果を残していたことだろう。

「まあお前の場合は性格が原因でその才能を全然発揮できてねぇって感じだな。争いごとが苦手過ぎるっていうかさ」

「それは……確かに」

「その性格がもっと好戦的なら、きっと都大会には出場できたんじゃないか？」

——それはないと思う。

いや、それはないと思いたい、というのが本音だ。

中学の頃、俺は素振りが好きだった。

毎日毎日黙々と竹刀を振るう。

体がどんどん研ぎ澄まされていくような感覚がして、それが癖になっていたのだ。

しかし、反対に試合がとにかく苦手だった。

練習試合程度ならともかく、何かが懸かっている公式戦などでは力が出せない。

だからレギュラー争いの試合でも勝てず、結局三年間で団体戦に出ることはできなかった。

個人戦に関しては、もはや言うまでもない。

目的もなかったのだから雅也《まさや》の誘いに乗っていればよかったと思われるかもしれないが、それこそレギュラーにもなれず、誘ってくれた雅也《まさや》の顔に泥を塗っていただろう。

ずっと剣道を言い訳にしていたが、本当のところはそれが怖かったのかもしれないな。

「勝ちたいって……そもそも思わなかったんだよなぁ」

「やっぱり変わってるよな、お前」

「そうかも、しれないいな」

「練習してたら試してみたくなるものだし、自分がどこまで行けるか確かめたくなるもんじゃねぇかな。少なくとも俺はバスケで天辺《てっぺん》を取りてぇって思ってるし」

勝つことに興味がないと言ったら、それまでになる。

相手を蹴落とさなければ手に入らない物があるとして、たとえそれを俺が手に入れたとしても、きっと本気で欲しがっていた人たちが感じていた価値ほどのものは感じられなかっただろう。

それなら正しく喜べる人間が手に入れた方がいい。

今思えば、ずっとそんな風に生きていたんだ。

がめつい親戚に金を渡せたのも、俺にとって必要な物が金ではなかったからかもしれない。

あの時俺が心の底から欲しかったのは、両親との時間だったから――。

「だからさ、焚《た》きつけたとはいえ、東条《とうじょう》のためにお前がムキになった時はちょっと驚いてたんだぜ？」

「……あ」

「お前にとって、それだけ東条《とうじょう》は必要な存在だったんだなって」

ニヤニヤとからかうような笑みを浮かべながら、雅也《まさや》は俺にボールを回す。

それを受け止めて、俺はボールに視線を落とした。

確かに、勝敗とはまた違う話かもしれないが、譲りたくないと思ったのは俺の人生において相当珍しいことであったのは間違いない。

「ああ、きっとそういうことなんだろうな」

「いや……そこは照れろよ」

「だって本当のことだしさ」

「素直にもほどがあるぞ、お前」

苦笑いを浮かべた雅也《まさや》は、俺が投げたボールを受け止めて、床にバウンドさせる。

「久しぶりにワンオンワンでもするか。負けたらジュース奢《おご》りで」

「別にいいけど、さすがにハンデくれるよな？」

「当たり前だ。俺が五回攻撃するから、一回でも止めたらお前の勝ちでいいぜ」

「……十回中一回にはならないか？」

「昼休みが終わっちまうよ。それに五回中一回でもだいぶでかいハンデだと思うぜ？　守るだけだし、スリーポイントも打たないからさ」

「うーん……まあやってみるか」

俺はゴールを背にするように立ち、雅也《まさや》はそんな俺から少し距離を取る。

中学時代はこれで遊んだりもしたっけ。

なんてことを思い出しながら、俺は簡単に抜かれないよう腰を低く構えた。

「そんじゃ、行くぞ？」

「……っ」

雅也《まさや》はボールをつきながら、脱力しつつ俺へと近づいてくる。

俺よりは高いが、雅也《まさや》は決して目を引くほどの高身長というわけではない。

高身長が活躍するイメージがあるバスケにおいて、彼がエースと呼ばれる理由。

それは、動きの緩急による高水準な個人技にある。

一々動きにキレがあり、素人目《しろうとめ》で見ると突然視界から消えるように感じる時があるのだ。

練習含め、雅也《まさや》が一対一で負けたところを俺は見たことがない。

そんな男をたった五回のチャンスで止めろと言われている。

どう考えても無謀だろう。

しかし、奴《やつ》が油断している最初の一回で不意を突くことができれば――。

「うおっ⁉」

俺は雅也《まさや》がまだ脱力しているうちに、一気に距離を詰める。

一対一で防御側が前に出るなんて、あまりにも無謀だ。

抜かれれば簡単にフリーにさせてしまうし、仲間がいる時のことを想定すると、パスを出されて何もできず終わるだろう。

つまり、練習にもならないというわけだ。

だからこそ、雅也《まさや》の頭には突っ込んでくるという考えはない――はず。

（そこを突ければ……っ！）

ボールに対し、手を伸ばす。

しかしその瞬間、雅也《まさや》の体が大きく沈んだ。

体でボールが隠れる。

俺に体の側面を向けながら、後ろでボールをキープしているのだ。

そしてここから俺を軸にして体を反転させ、入れ替わるようにして俺を抜いてゴールへ向かうのだろう。

ただ、分かっていてもただの素人《しろうと》である俺には止められない。

「ははっ、やっぱりセンスあるぜ、お前」

「ぐっ⁉」

強い踏み出しからのフェイント。

右に飛び出す――――そう感じて体を動かそうとした時には、もう遅い。

反射的につり出された俺の体は、すでに左に切り返した雅也《まさや》の体に追いつけなかった。

分かっていたのに、反応できない。

呆気《あっけ》なく抜かれてしまった俺の後ろで、雅也《まさや》は悠々とシュートを決めた。

「おい……キレが増してないか？」

「当たり前だろうが。高校に入ってから、もう一年以上経《た》ったんだぜ？　中学の頃の俺なんて目じゃねぇよ」

「……そりゃそうか」

まあ歯が立たないのは分かっていたことではある。

いくら癖や動き方を知っていても、純粋な身体能力で敵《かな》わない。

「そら、次行くぞ」

「少しは手加減してくれ……」

結局のところ。

そこから四戦やって、俺は一度も雅也《まさや》を止めることができなかった。

悔しいとすら思えないほどの完敗。

そもそもの話、バスケに青春を捧《ささ》げている奴《やつ》に対し、遊びでやる程度の俺が負けて悔しいだなんておこがましいかもしれないが――。

「……勝負は引き分けだな」

「え？　何言ってるんだよ。雅也《まさや》の勝ちだろ？」

「いや、お前には悪いけど、俺がワンゲームでも本気を出した時点である意味負けてんだよ。ボクサーだって素人《しろうと》相手に手は出さねぇだろ？　そういうことだよ」

「そういうもんなのか……？」

まあ確かに一回ボールを叩《たた》くことができて、雅也《まさや》の手から一度だけ奪いかけたけれど。

それも結局先にボールに追いつかれて、綺麗《きれい》なフェイントで抜かれてしまった。

「あの時マジで焦《あせ》ってさ。思わずスイッチが入っちまったよ」

「言われてみればあのフェイント、今までのキレとは桁違いだったな」

「ああ、ありゃ試合で使う本気のやつだ。もし止められてれば、たとえ東条《とうじょう》にキレられたとしてもお前をバスケ部に誘ってた」

「……ある意味抜かれて正解だったってことか」

俺が本気でバスケがやりたいと言えば、きっと冬季《ふゆき》は許してくれるだろう。

ただ無理やり入部させるようなことがあれば、雅也《まさや》は完膚なきまでにシメられる。

俺も親友が廃人になった姿は見たくない。

「剣道のおかげか、体幹がしっかりしてるんだよな、お前。当たり負けしないっていうかさ」

「そうか？」

「俺の方が身長が高いのに、無理やり突破しないのがいい証拠だぜ。中々姿勢が崩れないから、ハルが持っていないバスケ特有の技で抜くしかねぇんだよな」

「そういうもんなのか……そこまで褒めてくれるってことは、球技大会でも役に立てそうだな」

「そりゃもちろん。基本俺が指示を出すことになると思うけど、お前をガンガン起点として使っていくつもりだから」

「責任重大だな……」

「できねぇことを要求するつもりはねぇけど、できると判断したらガンガン指示出してくからな。覚悟しとけ」

「……分かった」

球技大会はまだ一週間ほど先の話なのに、すでに心が躍っている。

もちろん毎年恒例であるため、去年も球技大会自体はあった。

しかし俺の状況自体がそれどころではなかったため、満足に楽しめなかったのだ。

今年は冬季《ふゆき》のおかげで余裕を持って臨むことができる。

それがどれだけ嬉《うれ》しいか、正直言葉では語り切れない。

「じゃあそろそろ戻ろうぜ。丸々付き合ってくれてありがとな」

「これくらいなら全然いいよ。冬季《ふゆき》だって、休みの日にお前と遊ぶ分には何も言ってこないし」

「お、もしかして俺って結構認められてる？」

「『西野《にしの》君みたいな人は男性として見るのはとても難しいですが、友人として見るならこれ以上頼れる方はいません』って言ってたし」

「うわぁ……素直に喜べねぇ」

途中までウキウキした様子で聞いていたのに今はげんなりしている雅也《まさや》の顔を見て、思わず笑ってしまう。

冬季《ふゆき》と雅也《まさや》のやり取りは、聞いていてとてもテンポがいい。

それぞれとの二人きりの時間もとても好きなのだが、最近では三人でいる時間も欠かせないものになっている。

雅也《まさや》にも大事な恋人がいるところもありがたい。

互いに嫉妬などがない関係だからこそ、すごく心地がいいのだ。

「……ま、俺からしても東条《とうじょう》がお前の恋人っていうのはだいぶ安心できるけどな」

「え、そんなに俺って頼りないか？」

「そういう意味じゃねぇってことは、近いうちに分かると思うぜ」

雅也《まさや》は楽しそうに笑っているが、俺にはやはりその意図は分からなかった。

「球技大会までは時間見つけて特訓すっか。俺も動ける奴《やつ》が一人増えるだけでかなり助かるし」

「いいのか？　俺としては助かるけど、雅也《まさや》は部活も地域チームでの練習もあるんじゃ……」

「ああ、だからまあ基本的に昼休みがメインになるかな。でも次の土曜日……まあもうほとんど球技大会直前だけど、そこなら部活もチーム練も休みだから丸一日使えるぜ」

「……休みの日までバスケをしたら、休みの意味がないんじゃないか？」

「別に普段通りのハードな練習をするわけじゃねぇんだし、十分休めるって。それに家にいたってどうせボールを触ってんだ。むしろ一人だとついつい物足りなくなって激しくしちまうし、教える立場になって冷静でいさせてほしいっつーか」

好きこそものの上手なれという言葉があるが、こいつはまさにその体現者であると思う。

才能というものもこの世には確かに存在するが、雅也《まさや》曰《いわ》く、自分自身はそこまで恵まれた存在ではないらしい。

だからその分努力を重ねたわけだが、バスケに対する努力は雅也《まさや》にとっての努力ではないんだそうだ。

好きだからやる。

それだけの話。

こういう話を聞くと、肉体的な才能も大事だが、それと同じくらいに性格面での向き不向きも大事なんだと思わされる。

身近に冬季《ふゆき》という労働を苦とも思わない人間がいるため、この話は俺の中にすんなりと入ってきた。

「そんなわけで、今年の球技大会は全力で楽しませてやっから、期待しとけや、相棒」

「……ああ、期待しておく」

雅也《まさや》がニヤリと笑う。

尊敬している友達から相棒と呼ばれること。

たとえそれが場の雰囲気に流されたお世辞だったとしても、胸に沁《し》みるほど嬉《うれ》しかった。

昼休みももう終わりかけ。

トイレを済ませに行った雅也《まさや》と別れ、俺は教室へと向かっていた。

その道中の廊下で、俺は見覚えのある銀髪を見つける。

冬季《ふゆき》の方も俺に気づいたようなのだが、何故《なぜ》か俺を見て安心したような表情を浮かべた。

「ハル君！　助けてください！」

「へ？」

冬季《ふゆき》が助けを求めてくるなんて、ただ事ではない。

俺は呼びかけに応えるまま、彼女の下へと寄っていった。

「――――おや、君が噂《うわさ》の東条《とうじょう》君の彼氏君かな？」

冬季《ふゆき》の眼《め》の前《まえ》にあった扉から、突然黒髪の少女が姿を現す。

少女、というにはあまりにも大人びており、制服さえ着ていなければ成人女性と間違えてしまっていただろう。

失礼な印象に聞こえるかもしれないが、俺はこの印象にマイナスな要素を一つも込めていない。

大人びていること、それが彼女の魅力なのだ。

冬季《ふゆき》よりも十センチほど高い身長。

スカートの裾から見えている足はモデルのように細く、それでいて出るところは出ていると
いうまさに理想のスタイル。

まあ、俺は冬季《ふゆき》のスタイルの方が好きだが。

――――という話は置いておいて。

あまりにも学校生活に無頓着だった俺でも、彼女のことは知っている。

冬季《ふゆき》に並ぶほどの有名人であり、勝るとも劣らない完璧超人。

我が学園の生徒会長、三年の秋本《あきもと》先輩だ。

「あの東条《とうじょう》君がゾッコンなんだって？　すごいね、君」

「え、あの……恐縮です」

彼女の前に立つと、何故《なぜ》か自然と身が引き締まってしまう。

緊張のせいで変に上ずった声で言葉を返せば、秋本《あきもと》先輩は口元に手を当ててくすりと笑った。

「この頑固な東条《とうじょう》君を落としたテクニック、ぜひご教授願いたいね」

「……秋本《あきもと》先輩、ハル君をからかうのはやめてください」

「おや、別にそんなつもりはなかったんだけど」

「ハル君をからかっていいのは私だけです。先輩であっても許しませんから」

「ふむ……これは本気のやつだね。変にちょっかいを出すことはやめよう」

さすが生徒会長。

俺は腹の内で思わず感心してしまった。

冬季《ふゆき》はどんな人が相手でも、余裕を崩さず常に優位な場所から物を言う。

しかし秋本《あきもと》先輩に物を言う時は、顔から一切の余裕を感じない。

むしろ秋本《あきもと》先輩の方が余裕があるように見える。

これは年齢というアドバンテージよりも、純粋に冬季《ふゆき》にとって秋本《あきもと》先輩が相性の悪い相手という感じがした。

というか、純粋にこの二人のやり取りは息が詰まる。

一般人には決して理解できない考えを素にやり取りしているからだ。

彼女たちの思考の領域には、正直一生かけてもたどり着けそうにない。

「そ、それで……冬季《ふゆき》は何を助けてほしかったんだ?」

「あ、そうでした!　この秋本《あきもと》先輩が、私のことを生徒会に無理やり入れようとしてくるのです!」

「生徒会に?」

俺が秋本《あきもと》先輩の方に視線を送ると、彼女はやれやれといった様子で肩を竦《すく》めた。

「彼氏君、君からも東条《とうじょう》君を説得してくれないかい?」

「いや、その、どういう経緯で冬季《ふゆき》を誘っているのか聞いてもいいですか?」

「経緯なんてどうでもいいんだよ。単に東条《とうじょう》君が優秀で、その才能は生徒を導く側にて輝くと確信したから誘っている。それだけの話だからね」

うーん。

冬季《ふゆき》に人を導く才能があることは俺も知っている。

すでに両親から会社のプロジェクトを任され、人を動かす立場にいることがいい証拠だ。だから秋本《あきもと》先輩が言っていることは間違っているわけではないのだが、いかんせん冬季《ふゆき》自身がまったく乗り気ではないように見える。

「冬季《ふゆき》は入りたくないんだよな？　生徒会に」

「はいっ！　だってハル君と一緒にいる時間が減ってしまいますから」

「ま、まあ……それは必然だろうけど」

生徒会がどんな仕事をしているのかはまったくもって知らないけれど、暇ということはないはずだ。

学校の中で、一般生徒よりも強い権力を持つといわれる生徒会。

彼らは比較的自由の利《き》く生徒会室の利用や、あらゆる行事の内容を決める職員会議に参加することができると聞いたことがある。

うちの学校はその辺りの伝統が根強いらしく、おそらく他の学校よりも生徒会の持つ権力は大きい方だろう。

所属するだけで大学推薦にもかなり有利になるらしいし、興味がある人間も多いんじゃなかろうか。

「うーん、まさか一人の男の子によって東条《とうじょう》君がここまで頑固になるとは……年度頭に誘った時はもう少し取りつく島があったのに」

「元々入るつもりはありませんでしたよ？　生徒会に入ることによって受けられる恩恵よりも、労力の方が大きかったですし」

「なるほど……ううっ、つまり私のことを騙《だま》していたんだね？　酷《ひど》いな、そんな子だとは思わなかったよ……」

「人聞きの悪い。入らないと言っているのにしつこく誘ってくる方がよっぽど酷《ひど》いと思いますけども？」

「ノブレス・オブリージュ。意味は言わずとも分かるね？」

「身分の高い者にはそれ相応の責任と義務がある、ですよね」

「その通り。つまり学校中の人気者である君には、生徒会に入ってやがて生徒会長になるという使命があるんだよ」

「あの、話聞いてました？」

酷《ひど》いことを言うようだが、この人頭おかしいな。

俺も冬季《ふゆき》とまったく同じ感想を抱いたし、あまりにもコミュニケーションが複雑すぎる。

要は退《ひ》く気がないということなのだろうけど、このままではどう足掻《あが》いても埒《らち》が明かない。

「会長！　まだその人のことを誘ってたんですか⁉　もういい加減放っておきましょうよ！」

そんな時、救世主とも思える新たな声が場の空気を斬り裂いた。

しかし、この声にはあまりにも聞き覚えがあり過ぎる。

「あれ？　春幸《はるゆき》先輩も一緒だったんですね！」

「八雲《やくも》……」

俺を見た途端とびっきりの笑みを浮かべた八雲《やくも》は、駆け足で俺たちの下に近づいてくる。

「八雲《やくも》君、何度も言っているけど、私は東条《とうじょう》君を諦めるわけにはいかないんだよ。彼女こそ私の後継者に相応《ふさわ》しい。私が夏休み明けで生徒会を引退した後、この学校を引っ張っていけるのは東条《とうじょう》君しかいないんだ」

「はぁ……まあ東条《とうじょう》先輩が憎たらしいくらい優秀なのは知っていますが……」

「ほら、やはり皆が東条《とうじょう》君を認めている」

八雲《やくも》の同意を得た秋本《あきもと》先輩は、ドヤ顔を浮かべて俺たちを見る。

そんなことより、今の会話で一つ俺は気になったことがあった。

「なあ、どうして八雲《やくも》がまるで生徒会の一員みたいなやり取りをしているんだ？」

「は、春幸《はるゆき》先輩⁉　もしかして知らなかったんですか⁉」

「え？　な、何が？」

「……あたし、これでも一応生徒会役員です」

「え……え!?　そうだったのか!?」

「まあ先輩はずっと忙しかったみたいですし、知らなくても無理はないですが……！」

無理やり自分を納得させるような言葉だった。

どう考えても自分の学校の生徒会役員を知らなかった俺が悪いのに、相当気を遣わせてしまったことだろう。

うん、素直に申し訳ない。

「だからバイトは土日だけだったのか……」

「その通りです！　バイトと生徒会と部活を掛け持ちしているので、バイトは土日に集中させて、平日は生徒会の仕事をしながら、合間で女子バスケットボール部に通ってます」

「掛け持ちしすぎだろ……」

「うちの学校は男子バスケ部は強いですが、女バスはそうでもないので結構カジュアルにやらせてもらってるんです。生徒会も毎日あるわけじゃないですしね」

バイト先でのドジなイメージが先行しているせいで、八雲《やくも》の言葉がすんなりと入ってこない。

もちろん色んなことに無頓着過ぎた俺が悪いのだが、こう、いまいち信じ切れないのだ。

「……あ！　会長！　春幸《はるゆき》先輩を生徒会に入れるっていうのはどうですか？」

「ん？　どういうことだい？」

「そのままの意味ですよ！　東条《とうじょう》先輩はやる気がないみたいですし、あたし的には春幸《はるゆき》先輩の方が東条《とうじょう》先輩より優秀だと思っています！」

「ほう、その根拠は？」

「バイト先で何度もミスするあたしを華麗に助けてくれるんです！」

「なるほど、それは確かに優秀だ」

八雲《やくも》は一体会長からどう思われているのだろう。

少なくとも、ドジっ子という属性自体は俺たちの間でも共通認識として成り立つということは分かったが。

「しかし……やはり次期会長、生徒会副会長の座は東条《とうじょう》君にこそ任せたいのだが」

「ちょ、ちょっと待ってください……副会長って言いました？」

「ん？　興味あるのかな、東条《とうじょう》君の彼氏君」

「そういうわけではないんですけど、つまり一年近く副会長不在で生徒会を回してたってことですか？」

「うん、そうだよ。会長の私、書記の八雲《やくも》君、そして他に会計が一人。計三人で今の生徒会は構成されている」

意味が分からない。

生徒会の仕事はそんな人数で手が回り切るものなんだろうか。

「春幸《はるゆき》先輩、これに関しては会長が超人なだけですから、あんまり突っ込まないでください」

「……なるほど」

八雲《やくも》が小声で耳打ちしてくれたおかげで、合点《がてん》がいった。

やはり冬季《ふゆき》と同類ということらしい。

冬季《ふゆき》が一人で生徒会を回していると聞いても、今の俺ならすんなりと信じることができるし、秋本《あきもと》先輩がそれに近しいことができると聞いても疑う余地はあまりないか……。

「……いい加減諦めてもらえませんか、秋本《あきもと》先輩。私は生徒会に入るつもりはありませんし、ハル君だって入りたいとは思っていないはずです。ね、ハル君」

「ああ、俺に務まるとは思えないし」

入りたいとも思えないし、入れるとも思えない。

自分がどうしてもやりたいことならそれこそ冬季《ふゆき》に直談判《じかだんぱん》するが、そこまでの気持ちがない以上は二人でいる時間の方を大切にしたいと思う。

「それは困るぞ。次期会長を任せたい人間がいなくなってしまうじゃないか」

「そう言われましても……八雲《やくも》さんは一年生だからまだ候補に入らないにしても、探せば優秀な人材なんてどこにでもいるでしょう?」

「そんな簡単な話ではないんだよ。次の生徒会長にも、私と同じことができてもらわないと困るんだ」

うーん、それは無茶だと思うけど。

「そうだ、こうしよう！」

秋本《あきもと》先輩は何かをひらめいた様子で手を叩《たた》く。

「今度の球技大会で一番最後まで勝ち残っていた者が、言うことを聞かせられるっていうのはどうだろう」

「……一応、概要を聞いておきましょうか」

「今年の球技大会は、バスケかバレーだろう？　まず私たちは、バスケ側に参加する」

秋本《あきもと》先輩の説明は、こういうものだった。

まずうちの学校の球技大会は、同じ学年でトーナメント戦を行い、上位二位までのクラスを選出する。

そしてそれぞれの学年から勝ち上がったその六クラスがリーグ戦を行い、勝利数で優勝を決める。

だからリーグ戦まで進むことができれば、先輩や後輩と戦うこともできるのだ。

そのシステムを利用して、リーグ戦で決着をつけようという話らしい。

「そもそもリーグ戦まで勝ち上がれなければ、その時点で失格。最終的に一番上位の成績を収めた者が、自分の願望を押し通せるということで」

「……つまり私のクラスが優勝――――とまでは行かずとも、秋本《あきもと》先輩より上位の成績を取る

ことができれば、二度と私を生徒会に誘わないという願いを押し付けることができるということですね？」

「うん、そういうことだ。逆に君が私に負ければ、生徒会に入ってもらう」

「……なるほど」

冬季《ふゆき》は頷《うなず》きながら説明を噛《か》み砕《くだ》く。

そして大きくため息を吐《つ》くと、俺の手を握って教室の方へと引っ張った。

「行きましょう、ハル君。この話はあまりにも論外です」

「……そうだな」

秋本《あきもと》先輩には悪いが、これはあまりにも理不尽だ。

負ければ強制的に生徒会に参加という条件を出されるのであれば、冬季《ふゆき》はいくら誘われても断り続ければいいだけの話である。

それがいくら鬱陶しくても、生徒会の仕事を任されるよりはマシだ。

だからここは参加しないのが正解。

俺と冬季《ふゆき》は話を終わらせるため、この場を後にしようとする。

「——そうか、逃げるのか」

「……はい？」

秋本《あきもと》先輩がボソッと言った一言が、冬季《ふゆき》の足を止めた。止めてしまった。

「誇り高い優秀な人間だと思っていたが、私が間違っていたようだ。勝負を挑まれたのに逃げるような腰抜けなんだとしたら、そもそも生徒会には必要ない。尻尾を巻いてさっさと去るがいい。東条冬季《とうじょうふゆき》は勝負ごとになると自信をなくして逃げ回ると、私の頭に記憶させておこう」

見え透いた挑発。

冬季《ふゆき》もそれは分かっているようで、再び息を吐いた後、教室へと戻るために歩を進める。

「勝負事から逃げる女はいざという時頼れないぞ！　春幸《はるゆき》君、といったかな？　どうだろう、そんな腰抜けよりも、私についてこないか？　頼《たよ》り甲斐《がい》には自信があるのだけど」

「は？」

ここで俺に振るか。

秋本《あきもと》先輩は何が何でも冬季《ふゆき》を勝負の場に上げたいらしい。

しかしこの挑発もずいぶんと分かりやすい。

誰よりも優秀な冬季《ふゆき》が、こんな見え見えの挑発に引っ掛かるわけが――――。

「……誰が、頼れないと？」

――――あれ？

「私よりも秋本《あきもと》先輩の方が頼《たよ》り甲斐《がい》がある、と？　それはどうでしょうか。私とてそういう部分に関しては自信がありますよ？」

ああ、駄目だ。

冬季《ふゆき》は足を止めて、振り返る。

完全に挑発に乗ってしまったらしい。

「秋本《あきもと》先輩。あなた今、ハル君を誘惑しましたね？」

「誘惑……というと少し語弊があるけど、まあ、近しいことはしたかな」

「なるほど、どうやら覚悟はできているようですね」

冬季《ふゆき》の背中に、怒りのオーラと闘志が見える。

ここまで来たら、もう止められない。

さすがは同類。秋本《あきもと》先輩は冬季《ふゆき》の沸点をよく理解している。

「いいでしょう、叩《たた》き潰《つぶ》して差し上げます」

「……そうこなくてはね」

「私が負ければ、生徒会にでも何でも入ります。ただ私が勝った時は、生徒会には決して入りませんし、ハル君に手出しはさせません」

「私は端《はな》から春幸《はるゆき》君に手を出すつもりはなかったが……君が乗り気になってくれたのならなんでもいいさ。とことんやり合おうじゃないか」

興奮を隠しきれない様子の秋本《あきもと》先輩を背にして、俺と冬季《ふゆき》は教室へと戻る。

何だかとんでもないことになってしまったぞ……？

■03：目隠しプレイ

皿の上に載った最後の唐揚げを、俺は口に運ぶ。

食卓に並んでからそれなりの時間が経《た》ち、さすがに出来立ての頃よりは冷めてしまっているものの、それでも噛《か》めば小気味いい音がして中から肉汁が溢《あふ》れてきた。

美味《うま》い。

とにかく味付けが俺好みで、非の打ち所がない。

「ふぅ……ご馳走様《ちそうさま》、今日も美味《うま》かったよ」

「ふふっ、お粗末様です。喜んでいただけたようで何よりですよ」

俺の目の前に座っていた冬季《ふゆき》は、嬉《うれ》しそうに顔を綻ばせる。

秋本《あきもと》先輩と冬季《ふゆき》が生徒会加入をかけた戦いの約束を交わした日の夜。

俺と冬季《ふゆき》はいつも通りの夜を過ごしていた。

二人で食器を流しまで運び、一緒に洗う。

これが俺たちの一つのルーティンとなっていた。

「その……ハル君、今日のこと怒ってたりしますか？」

「え、どうして？」

「いえ、秋本《あきもと》先輩に挑発されてつい熱くなってしまったので……あんな勝負、乗る必要はなかったですよね」

「まあ、それはそうだと思うけど」

「うっ」

普段は自信満々な冬季《ふゆき》が、珍しく落ち込んでいる。

冷静さを欠いてしまったことがかなりショックだったらしい。

「でも……ある意味俺のために熱くなってくれたみたいなものだから、俺は何も言わないよ。それに冬季《ふゆき》なら負けないと思うしさ」

「ハル君……！　くっ、この皿さえなければ今すぐ抱き着いていたというのに……！」

「そういうのは全部洗い終わった後でってことで」

「むぅ……そうですね」

冬季《ふゆき》はどこか拗《す》ねた様子で頬を膨らませるが、それすらも可愛《かわい》らしくて仕方がない。

皿洗いが終わった後、俺は背中にべったりとひっついた冬季《ふゆき》を引きずりながら、リビングのソファーへと戻った。

二人で並んで座り、おもむろにテレビをつける。

ちょうど芸人たちが体を張って何かを成し遂げようとする人気のバラエティ番組が始まり、いまだ俺に抱き着いている冬季《ふゆき》が満足するまでボーっとそれを眺めていることにした。

いまだに慣れない大きさの液晶テレビの中で、ローションの床を慎重に歩いていた芸人が見事にひっくり返って転ぶ。

その姿が何とも面白くて、俺は噴き出すように笑ってしまった。

「普通に笑えるようになりましたね、ハル君」

「え？」

「今すごく自然に笑っていたので、何だか嬉《うれ》しくなってしまいました」

俺の顔を下からのぞき込むようにしながら、冬季《ふゆき》は笑みを浮かべる。

「もちろん普段から笑顔が見られるようにはなっていたんですけど、こう改めて見るととても嬉《うれ》しくなってしまって……」

「そ、そうか……何か照れるな」

確かに、表情が明るくなったとはよく言われるようになった。

自分では意外と分からないものだ。

しかしこうしてバラエティ番組で笑えるようになっている時点で、明るくなったと言って間違いないのだろう。

「全部冬季《ふゆき》のおかげだな」

「そう言ってもらえると……もっと嬉《うれ》しくなっちゃいます」

冬季《ふゆき》はとろけたような笑みを浮かべながら、俺に抱き着く力を強める。

密着度が上がり、彼女の柔らかさがダイレクトに伝わってきた。

まだシャワーも浴びていないのに、何故《なぜ》かふわりと花の甘い香りがする。

もう慣れたと思ったのに、それは気のせいだったらしい。

もはや俺は、この先彼女のぬくもりに慣れるということは決してないのだろう。

幸せ過ぎるこの時間は、どこまでも幻のようだから。

これが当たり前だと思った時、俺の手から呆気《あっけ》なく零《こぼ》れ落《お》ちてしまう気がする。

「ハル君。見返りを求める……というわけではないのですが、一つ私のお願いを聞いてもらえないでしょうか」

「なに？」

「一緒にお風呂《ふろ》に入りたいですっ」

「……」

しばしの沈黙。

俺の頭の中に一瞬宇宙が広がり、そして集束した。

「駄目だ」

「語調が強い……！」

これまで何度か冬季《ふゆき》と一緒にお風呂《ふろ》に入ったことはあるが、その度に俺の理性はオーバーヒートしかけている。

かろうじて耐えてきたものの、ぼちぼち限界が来ている。

だからできることなら一緒に入浴することは避けたいのだ。

「うーん……じゃあこうしましょう！　入浴中ハル君には目隠しをしていてもらうので、その間私が体を洗って差し上げます！」

「目隠しして……？」

「ほら、私の体ってとても魅力的じゃないですか」

自分で言うのか。

しかしその通りである。

「だから視界に入れないようにすれば、ハル君の情欲を抑えることができるのではないかと思いまして」

「まあ、確かに？」

「それとも……私に触れられることすら嫌だったりしますか……？」

悲しげな表情を浮かべ、冬季《ふゆき》は顔を伏せる。

その口元からは嗚咽《おえつ》が漏れ、涙の雫《しずく》が彼女の胸元へと落ちた。

「……もうさすがに引っかからないぞ」

俺がそう告げると、冬季《ふゆき》は顔を上げる。

その目元には涙の跡はあるものの、表情自体はケロっとしていた。

「あら、バレちゃいましたか」

「何度も罠《わな》に嵌《は》められてきたからな。それに本当に言葉にして伝えたならともかく、君は勝手な深読みで話を進める人間じゃないから」

「ふふっ、その通りです。でもそこまで分析されると、私でも少々照れてしまいますね」

「俺ももっと冬季《ふゆき》のことをよく知りたいからさ。毎日ちゃんと見てるよ」

「……」

「冬季《ふゆき》？　どうしたんだ、突然黙って」

「……ハル君はずるいです。一言で私を心の底から喜ばせてしまうんですから」

冬季《ふゆき》の雪のように白い肌に、赤みが差している。

ここまで分かりやすく赤くなる時は、彼女が本気で照れている証拠だ。

「嬉《うれ》しいことを言ってくれたお礼に、体を洗って差し上げましょう」

「どの道この流れに持っていくつもりだったな……？」

「さて、どうでしょうね」

そう言って悪戯《いたずら》っぽく笑う冬季《ふゆき》。

これは彼女なりの照れ隠しであることを、俺は知っている。

その可愛《かわい》らしさに、俺は決して敵《かな》わない。

「……じゃあ、お言葉に甘えようかな」

「はいっ、甘えちゃってください！」

結局俺は彼女の話術の前に屈し、彼女の思惑通り共に風呂《ふろ》に入ることとなった。


――軽い気持ちで了承するんじゃなかった。

俺は風呂場《ふろば》の椅子に腰かけて、ただただ緊張していた。

タオルを目元に巻いており、周囲の様子は分からない。

今感じることは、シャワーが床に当たって飛沫《しぶき》が足に当たる感触と、俺の下半身を隠すために被《かぶ》せてあるタオルの感触くらい。

周りに冬季《ふゆき》がいるはずなのだが、その位置もイマイチ把握できていなかった。

「ふぅ」

「ッ⁉」

突然耳元に吐息がかかり、体が跳ねた。

俺が動揺している姿を見て、後ろでクスクスと笑う声が聞こえる。

「ふ、冬季《ふゆき》！」

「ふふっ、すみません。緊張している姿が大変可愛《かわい》らしくて、思わずいたずらしちゃいました」

「何も見えないんだ……！　心臓に悪いからやめてくれ！」

「あら、お嫌いでしたか？」

「嫌いとかそういう話じゃ――――」

ない、と俺が口をする前に、背中に柔らかな感触が当たる。

この流れには覚えがあった。

俺が初めてこの家の風呂《ふろ》に入った時、冬季《ふゆき》はあの時も俺の背中にこうして密着してきたのだ。

あの時と違うのは、密着度がさらに上がっているということ。

二つの柔らかな塊が、俺の背中で自由自在に形を変えている。

視界を塞いだのは、間違いだったかもしれない。

目に情報を頼れなくなった分、あらゆる感覚が鋭くなってしまっている。

「実は初めてハル君とこうして触れ合った時、私もすごく緊張していたんですよ？　でもこうして触れ合ってもハル君は私のことを嫌いにならないと分かったので、今ではもっと大胆なこともできちゃいます」

「え!?」

すりすりと、冬季《ふゆき》は俺のうなじの辺りに頬を当てる。

そして徐々に俺の耳元に顔を近づけ、ついには耳に唇を触れさせた。

ゾクっという甘い快感が走り、俺の体が硬直する。

「抵抗してもいいんですよ？　嫌がることをしたいわけではないですから」

「……い、嫌では……別に」

「ふふっ、じゃあ続けますね？」

冬季《ふゆき》は俺から体を離すと、シャワーを手に取り俺の肩に当てる。

「熱くないですか？」

「ああ……ちょうどいい」

「よかったです。一回目隠し用のタオルを外しますけど、目は閉じていてください。まずは髪から洗うので」

「え、そこからなのか？」

「本当は体だけのつもりでしたが、後ろに立ってみるとハル君のつむじがとっても可愛《かわい》らしくて、髪の毛まで洗いたくなっちゃったんです」

「そういうことなら……仕方ないな」

「ありがとうございます、では」

後ろでタオルの結び目が解かれ、圧迫感から解放される。

言われた通り目を閉じたままでいると、肩の辺りに当たっていたシャワーは頭へと移動した。

「少し頭を倒してくださいね。鼻とかに入ってしまいますから」

冬季《ふゆき》に指で少し頭を押され、俺は背中を丸めるようにして下を向く。

シャワーを一度止めた冬季《ふゆき》は、シャンプーのボトルを二度プッシュし、手の中で泡立てる。

そしてお湯で濡《ぬ》れた俺の髪を、ゆっくりと洗い始めた。

「ふぅ……」

「あら、だいぶ力が抜けてきましたね」

「ああ、気持ちよくて……」

「それならよかったですっ」

人に髪を洗われるのは、何とも言えない気持ちよさがある。

緊張よりもその気持ちよさが上回り、徐々に体から力が抜けてきた。

「耳の裏とか、こういうところも気持ちよくないですか？」

「ああ……そこ……気持ちいい……」

「ふふふっ、とろけているハル君も可愛《かわい》いです」

彼女の指が頭皮を撫《な》でる度、背中の辺りに快感が走る。

何とも癖になりそうな感覚。

正直、定期的にお願いしたいくらいの気持ちよさだ。

「痒《かゆ》い所はないですか？」

「うん……」

「ふふっ、ふふふふふ」

「冬季《ふゆき》？」

「おっと、申し訳ありません。子供みたいに素直になったハル君が可愛《かわい》すぎて思わず笑いが漏れてしまいました」

「お、おお……」

相変わらずツボがよく分からないというか、思わず笑いが漏れるほどの可愛《かわい》らしさが俺にあったのだろうか？

ああ、しかしこれ以上深く考えられないほどに、今は心地がいい。

「……普段からたくさん甘えてくれると、私としてはもっと嬉《うれ》しいんですけど」

「いや……それは何か、少し格好悪い気がして……」

「そんなの、私の前では気にしないでください。私はどんなハル君でも頭の先からつま先まで愛する自信がありますので」

「それは……すごくありがたいけど……」

「――なんて、ハル君にそんなことを言いながら、私も格好つけてしまったんですけどね」

「ん……？」

「秋本《あきもと》先輩の件です。ハル君に逃げるところを見られたくなかったから、あの挑発に乗ってしまったわけですし」

「ああ、その話か」

さっき終わった話だと思っていたが、彼女の中ではまだ何か引っかかる部分があるらしい。

それにしても、やけに秋本《あきもと》先輩との件を気にしているというか――。

「秋本《あきもと》先輩って、すごい人なんです」

冬季《ふゆき》は手を動かしたまま、言葉を紡《つむ》ぐ。

「テストはいつも学年一位ですし、スポーツは何でもできますし、カリスマ性だってある。大学卒業後は、ご両親の老舗旅館の経営に参加するそうです」

「へぇ……でも冬季《ふゆき》だって同じくらいすごいじゃないか」

「そこは否定しませんが……私はあの人に対して、わずかながらにコンプレックスがあるんです」

「冬季《ふゆき》にコンプレックス……？」

「一年生の一学期、最初の定期テストで学年一位を取った後に、秋本《あきもと》先輩は私に声をかけてきました」

そこから冬季《ふゆき》は、秋本《あきもと》先輩との出会いの話をぽつぽつと語りだした。

◇◆◇

「君が東条冬季《とうじょうふゆき》君か。噂《うわさ》の通り、ずいぶんと麗《うるわ》しい見た目をしている」

「……はい？」

当時私がいたクラスの教室に顔を出した秋本《あきもと》先輩は、開口一番にそんなことを言ってきました。

秋本《あきもと》先輩は当時から有名人だったので、教室にいた皆がざわついたことを覚えています。

「聞くところによると、君はあの東条《とうじょう》グループの令嬢らしいじゃないか。才能に溢《あふ》れ、家柄も素晴らしい……まさに選ばれた人間だね」

「えっと、秋本《あきもと》先輩ですよね？　生徒会副会長の」

「そうだとも」

「私に一体何の御用でしょうか。私とあなたは面識がなかったと思うのですが」

「うん、そうだね。私と君の間にはまだ何もない」

秋本《あきもと》先輩の第一印象は、おかしな言い回しをする人でした。

どこか意味深にも聞こえるし、何の意味もないようにも聞こえる。

おかしな人だと遠ざけてしまうことは簡単でした。

中学の頃の私――――つまるところハル君に恋をしていない時の私だったら、間違いなく遠ざけていたでしょう。

しかしある程度心に余裕ができていた私は、彼女の意図を読もうとしました。

そして私は、彼女の得体の知れなさに気づくのです。

他人には到底理解できないであろう、独特なロジックの下で働くその思考。

秋本《あきもと》先輩は、一般人からかなり逸脱した存在だったのです。

ようやく他人のことを思いやることができるようになった私でも、この人を思いやる方法がまったく分かりませんでした。

……しかし。

だからここまで近づかせた上で、私は彼女から遠ざかることを決めたのです。

「君、頑張っているね。頑張って周りに合わせている」

「え……?」

「敵を作らないように、上手《うま》いこと周りをコントロールしているといったところか。さすがだと言いたいけど、それじゃ息が詰まるだろう」

私の耳元で、秋本《あきもと》先輩は小声でそんな風に言ってきました。

「生徒会室に来てみるといいよ。私は君の理解者になれると思う。君はもう、気を遣って生活しなくていいんだ」

「あなたは……一体……」

「ふふふ、待っているよ。君とは仲良くできそうだからね」

そう言い残して、秋本《あきもと》先輩は教室を去りました。

その日の放課後。

私は彼女に誘われるがまま、生徒会室に――――。

◇◆◇

「ええ。だってあまりにも怪しかったものですから。迂闊《うかつ》についていこうとは思えませんでしたよ」

「行かなかったのか⁉」

「行きませんでした」

「まあ……そりゃそうか」

冬季《ふゆき》の言っていることはどこもおかしくない。

俺が同じことを言われたとしても、きっと生徒会室には行かなかっただろう。

なんせあまりにも怪しい。

不思議ちゃんなんて言葉で片付けられるレベルではない。

「だけど、私はこの一件で秋本《あきもと》先輩にコンプレックスを抱くことになりました」

「……取り繕っていることを、見抜かれたから？」

「さすがですね、ハル君。その通りです。ずっと上手《うま》くやっていたはずなのに、秋本《あきもと》先輩は一目で私の本質を見抜いたのです。……敗北感を味わったのは、後にも先にもあの一件だけだったかもしれません」

なるほど、それが冬季《ふゆき》の苦手意識の根源か。

基本的に敗北というものを知らないであろう冬季《ふゆき》の人生において、唯一の黒星ともなれば、その印象は根強くなるだろう。

「だから秋本《あきもと》先輩の前では取り繕わないのか」

「はい。もう暴かれていますからね。変にかしこまっても、そこをからかわれるだけですから」

「やっぱり凄《すご》いんだな、あの人は」

「悔しいことに、それだけは確かです」

「……勝てそうか？」

「勝ちます。ハル君との時間がかかってますから」

力強い言葉でそう言い切った冬季《ふゆき》は、ゆっくりと俺の頭を包んでいた泡をシャワーで流していく。

そしてトリートメントまで済ませると、再び俺の目元にタオルを巻いた。

「じゃあ次は体で洗いますね？」

「ああ……ん？」

あれ、聞き間違いだろうか？

今冬季《ふゆき》は体を洗うって言ったんだよな？

体で洗うって、聞き間違いだよな？

「じゃあ、行きますね？」

「――――ッ！」

にゅるり。

背中に走るそんな感触。

冬季《ふゆき》が言ったことは、言い間違いではなかった。

彼女は本当に体で俺を洗っている。

「……さすがに前面に抱き着くのははしたないかもしれませんからね」

そんなことを言いながら、冬季《ふゆき》の両手が俺の胸板の方へ伸びてきた。

背中は彼女の柔らかな体が、そして前面には彼女の滑らかな指が這《は》っていく。

意識が持っていかれそうになるほどの快楽が俺を襲った。

少し動くだけで快感が増してしまい、逃げるに逃げられない。

「やっぱりこういう風にすると、すぐにハル君の体は熱くなってしまいますね。とっても可愛《かわい》いです」

「ふ、冬季《ふゆき》……」

「ハル君、図々《ずうずう》しいかもしれませんが、もう一つお願いを聞いていただけないでしょうか？」

「……？」

「私が秋本《あきもと》先輩に勝った暁には、ご褒美《ほうび》が欲しいです」

冬季《ふゆき》はそう俺の耳元で囁《ささや》いた。

「秋本《あきもと》先輩に勝っても、私にはメリット自体はありません。だから冷静になってしまった今、モチベーションに影響が出ているんです」

「ああ……」

「でもハル君からご褒美《ほうび》がもらえると思えば、全力を出すことができます。私が勝利するためにも、お願いできませんか？」

こう言っては何だが、冬季《ふゆき》の言っていることは建前でしかない。

たとえメリットがなかったとしても、彼女は自分が負けることを良しとしない人間だ。

だからどういう形であれ全力は出すだろう。

この冬季《ふゆき》のお願いは、きっかけ作り。

中々言い出せない大事な頼みを話すための、必要なきっかけ作りだ。

何故《なぜ》そんな回りくどい言い方をするのか。

それはきっと、このお願いの内容が相当照れ臭いものだからだろう。

あの冬季《ふゆき》が照れて言い出しにくいお願いとは、一体何だろうか？

しかし彼女に心の底から惚《ほ》れている俺に、それが断れるとは思えない。

「……いいよ、俺にできることなら」

「ありがとうございます」

「それで、お願いって？」

「丸一日、私の計画する特別なデートに付き合ってほしいんです」

「え、そんなことでいいのか？」

それなら別に普段からお願いされても喜んで承諾するのに。

「多分すごくハル君のことを連れ回すことになってしまうと思うんです。きっとすごく疲れますし、もしかしたら疲れるばかりでハル君は楽しくないかもしれないと……」

冬季《ふゆき》は、こういう時は意外と臆病だ。

いつも自信満々で、それに見合った能力を持っている彼女ではあるが、実は恋愛に関して言えば俺と同じ素人《しろうと》。

知識は豊富だったとしても、それがどういう結果を招くのかを経験していない。

経験というのは人に自信を与える。

だからそれを得ることができてない以上、何をするにも不安を抱くのは仕方のないことだ。

それを和らげるために、今回はご褒美《ほうび》ということにして、俺に「ご褒美《ほうび》だから仕方がない」という保険をかけようとしている。

正直、その気持ちは痛いほど理解できた。

「俺は冬季《ふゆき》と一緒なら何でもいいよ。文句なんて出るわけがない」

「……ありがとうございます。では、とびっきりのデートプランを用意しておきますね」

「ああ、楽しみにしてい――」

俺がそう返そうとした瞬間、彼女の指が俺の脇腹をなぞった。

突然のこそばゆさに声にならない悲鳴が上がり、それを聞いた冬季《ふゆき》の楽しげな笑い声が浴室に響く。

もし冬季《ふゆき》が秋本《あきもと》先輩に負ければ、こういう時間も減ってしまうのだろうか？

それは何というか……すごく嫌だと思った。

■04：冬季《ふゆき》だって

あの時のことは、今でも鮮明に思い出すことができる。

「だーかーら！　早く俺の言ったタバコを持ってこいって言ってんの！」

「で、ですから……銘柄ではなく番号で言っていただければ――」

「客を煩わせてんじゃねぇよ！　テメェがちゃんと覚えてなかったのが悪いんだろうが！」

「ひっ……」

あたしは客の男性の怒鳴り声に、思わず縮こまってしまった。

怒鳴られることは好きじゃない。

好きな人もいないんじゃないかと思うけど、あたしは特に嫌いだと思う。

昔から周りにドジだドジだと言われ、小学校の時は忘れ物が多すぎて何度も怒鳴られていた。

そんな忘れ癖やドジなところを直そうと思って、中学校の頃はすごく努力した。

努力しないと直らなかった。

忘れ物はないように毎日メモを持って過ごしたし、転んだりして物を壊してしまわないように、何かしようとする前は一呼吸入れるようにしていた。

そうすれば落ち着いて過ごせるようになったし、行動する前にメモを見るようにしたことで余裕を持つことができた。

高校に入学してバイトができるようになって、ドジを克服したあたしはバイトをすることにした。

そしてバイト二日目。

何とかレジ打ちを覚えて張り切っていたその日、いきなりあたしは厄介な客に絡《から》まれてしまった。

タバコの銘柄なんて、まだ一つも覚えられていない。

いくらドジが直ったとしても、これはどうしようもない領域だった。

（せっかく怒鳴られなくなったのに……！）

あたしが銘柄を覚えられていないことは、確かに悪いことなのだろう。

だけどまだ研修中だし、少しくらい大目に見てくれたっていいじゃないか。

怒鳴られたことが悔しくて、痛くて、理不尽な怒りが湧いてきた。

だけどそれを口にしたら、今度はバイト先から怒られる。

それだけは忘れずにいたあたしは、唇を噛《か》んで涙がこぼれないことを願いながら頭を下げていた。

「────お客様、いかがされましたか？」

そんな時、あたしの隣に〝先輩〟が立ってくれた。

「あ？　何だよ、お前……」

「うちの新人がすみません。タバコですよね、銘柄をお願いできますか？」

「おい！　俺はこの女に言ってんだよ！　でしゃばってくんな！」

「ですが、後ろのお客様もお待たせしてしまっているので……」

　男が後ろを振り返る。

　そこには商品を持って並ぶお客様の列ができていた。

　皆イライラした様子で、怒鳴り散らしていた男を睨《にら》んでいる。

　男は顔をしかめた後、盛大な舌打ちをこぼした。

「チッ、もういい」

　男はそう吐き捨てて、コンビニを去っていった。

「後は大丈夫だな？」

「は、はい……！」

「よし、頼むぞ」

〝先輩〟は笑顔を浮かべ、自分のレジへと戻っていった。

　それからあたしは並んでいたお客様方の対応をして、何とか平静を取り戻すことができた。

　一部始終を後ろから見ていたお客様たちはあたしに優しくしてくれて、今度は別の涙が滲《にじ》みそうになったことを覚えている。

「お疲れ、八雲《やくも》さん」

バイトが終わった後、〝先輩〟はあたしに温かいミルクティーを奢《おご》ってくれた。

お礼を言ってあたしがそれを受け取ると、〝先輩〟は微笑《ほほえ》ましいものを見る目であたしを見た。

「ど、どこか変ですか？」

「いや、懐《なつ》かしいなぁと思って」

「え？」

「俺も一年前は客に怒鳴られたりしてたからさ。パニックになる気持ちも分かるんだよ」

〝先輩〟は微糖の缶コーヒーを一口飲んで、言葉を続けた。

「でも、八雲《やくも》さんはよくできている方だ。タバコは仕方ないとしても、他のことはもう滞りなくできるようになっているし」

「本当ですか……？」

「ああ。ずっとメモを取ったりして真面目に取り組んでたおかげだな」

褒められた――――。

酷《ひど》く怒鳴られたばかりだから、〝先輩〟の言葉はあたしの中に大袈裟《おおげさ》に染《し》み込《こ》んだ。

ふんわりと心が温かくなり、これまで自分がずっと緊張し続けていたことに気づいた。

〝先輩〟が、あたしの凝り固まった心を解《ほぐ》してくれた。

特別な言葉をかけてもらったわけじゃない。

だけどずっと見ていてくれたということが、その言葉をかけてくれたタイミングが、何もかもがドンピシャだったんだ。

〝稲森春幸《いなもりはるゆき》先輩〟だったから、あたしの心は解《ほぐ》れたんだ。

「あの……先輩」

「ん？」

「春幸《はるゆき》先輩って呼んでも……いいですか？」

「ああ、いいよ」

「ありがとうございますっ！」

「ははっ、八雲《やくも》さんは元気だな」

「元々のあたしの取柄は元気ですから！　あ！　あたしのことはぜひ呼び捨てにしてください！　世良《せら》で大丈夫です！」

「い、いや……さすがにそれは難しいな……八雲《やくも》でいいか？」

「うーん、ちょっと不服ですが、それでも大丈夫です！」

「……まあ、後輩をさん付けで呼ぶのはちょっとあれだしな。じゃあ、これからは八雲《やくも》で」

「はいっ！　春幸《はるゆき》先輩！」

あたしはその日、尊敬すべき人を見つけた。

以来先輩の前ではどうしても気が抜けてしまってドジが増えたけれど、その度に先輩が構ってくれるから、まあいいかと思っている。

春幸《はるゆき》先輩は最高だ。

仕事はできるし、気配りも上手《うま》いし、人が困っていると絶妙なフォローを入れてくれる。

あたしも、こうなりたいと思った。

こういう〝できた人〟になりたいと思った。

先輩は謙遜しているけれど、あの人ほど近くにいて安心させてくれる人はいない。

春幸《はるゆき》先輩にはそういう温かさがある。

そういうところが、あたしは――――。

◇◆◇

休日の朝九時。

今日は雅也《まさや》とバスケの練習をすると決めた日である。

奴《やつ》との約束の時間は、十時半。

もうぼちぼち準備をし始めなければならないといったこの頃……。

俺は冬季《ふゆき》のマンションの地下にある広いジムで、床に転がっていた。

「はぁ……はぁ……」

「筋はいいですが、相手に触れようとする時にためらいが見られます。それさえなくなれば、もっとスムーズに技に入れるかと」

「ありがとうございます……」

護身術の稽古をつけてくれている日野《ひの》さんの手を借りて、俺は立ちあがる。

東条《とうじよう》冬季《ふゆき》の秘書兼護衛である女性、日野《ひの》朝陽《あさひ》さん。

俺は休日のこの時間に、毎週護衛術の稽古をつけてもらっていた。

これから先、おそらく俺は冬季《ふゆき》のもっとも近くにいる人間になる。

だから何かあった時のために、彼女を守れる人間になりたかった。

護身術を習っている理由はそれである。

床に転がっていたのも、合気道の技を実際に体験する形で教えてもらっていたからだ。

「これから言うことは、あまり護衛として適切な言葉ではないかもしれません。それでも正直に申しますと、稲森《いなもり》様が冬季《ふゆき》様を守ることができるようになってくださると、私自身の行動範囲が広がり大変動きやすくなります」

そう言いながら、日野《ひの》さんはジムの扉を指差す。

「冬季《ふゆき》様は今後稲森《いなもり》様との時間を大切にするために、私を含め護衛との距離を少し離すつもりでいらっしゃいます。もちろんその状態で守ってこそ東条《とうじょう》グループの護衛ですが、万が一の事態への対策は多いに越したことはありません」

「俺はその〝対策〟の一つになれるでしょうか？」

「このまま定期的に訓練していれば、おそらくは。申し訳ありません、私は人に物を教えたことがないもので、確信のない言葉になってしまいました」

「そんな、十分です。むしろ貴重な時間を割いてもらっているので、文句なんて一つもありません」

「そうですか……」

スーツをかっちりと着こなし、常に険しい表情をしている彼女は、一見お堅い印象に見える。

しかし実際は深い思いやりを持ち、人を気遣うことができる人間だ。

こうして話をしていても、日野《ひの》さんが心の底から自分に申し訳ないと思っていることが伝わってくる。

確かに彼女の説明は熟達の指導者ほどの分かりやすさはないかもしれない。

しかし怪我《けが》をしない程度で実際に技をかけてくれたり、何故《なぜ》この技で相手の姿勢を崩せるのかを人体の構造に則《のっと》って説明してくれるおかげで、俺にとっては下手な専門書よりも分かりやすく感じる。

「……補足させていただくのですが、この指導は稲森様《いなもりさま》の警護を疎《おろそ》かにするという意味ではありません。当然全力でお守りいたしますので、これはあくまで万が一の最後の砦《とりで》として――」

「だ、大丈夫です！　それも分かってますから」

「……左様でございますか」

俺自身まったく気にしていなかったのだが、日野《ひの》さん的には自分が仕事を疎《おろそ》かにしているように感じてしまったらしい。

この少し不器用なところが、この人の魅力だと思う。

きっと冬季《ふゆき》も、日野《ひの》さんが真面目で真《ま》っ直《す》ぐな人だから信頼しているのだろう。

「――ハル君、捗《はかど》っていますか？」

そんな風に考えていると、タイミングよくジムの入口から冬季《ふゆき》が現れた。

私服姿の彼女は料理中以外では珍しく髪をひとまとめにしており、枝毛一つない毛先が動くたびに後ろで揺れている。

何となく普段とは違う装《よそお》いに、心が跳ねた。

「ハル君？」

「あ……ああ、日野《ひの》さんのおかげでちょっとずつ身についてきた感じがするよ」

ちなみに言い忘れていたが、ここは冬季《ふゆき》のプライベートジムである。

一部には筋トレのための器具やマシーンが揃《そろ》っており、ヨガスタジオのような場所もある。

俺はその一部を借りて、日野さんからの指導を受けいてた。

「それならばよかったです。でもハル君はそんな危ないことをしなくてもいいんですよ？」

「そう言ってくれるのは嬉《うれ》しいけど、俺も男として守られてばかりは苦しくなるっていうか、いざという時自分でも助けられる手段が欲しいっていうか……」

冬季《ふゆき》がどんな人に襲われるかも分からない。

例えば身代金《みのしろきん》目的の誘拐犯。

聞くところによると、そういう連中の襲撃は何度かあったとのこと。

それらすべて日野《ひの》さんを含めたボディーガード陣に鎮圧されているものの、いまだに来る連中はいるらしい。

もちろん俺がそういう連中の相手をすることはないはずだ。

しかしナンパやいかがわしいスカウトなど、容姿が桁外れに整っている冬季《ふゆき》にはそういった声がかかりやすい。

そんな時に颯爽《さっそう》と彼女を守れたら、どれだけいいだろう。

つまるところ、俺は冬季《ふゆき》の前で格好つけたいのだ。

「……なるほど。ではせめてあまりハル君が気負わずに済むように、ちょっとだけ安心させてあげましょう」

「どういうことだ？」

「ハル君、手を伸ばしてみてください」

言われるがまま、俺は冬季《ふゆき》の方に手を伸ばす。

「痛くしないので、大丈夫ですからね」

「え――――」

冬季《ふゆき》は伸ばした俺の腕を絡《から》め取《と》り、捻《ひね》る。

そこからは、ほんの一瞬のできごと。

あまりにも一瞬過ぎて、俺は何が起きたのかを理解することができていなかった。

体が逆さまになっている。

床が近い、いや、近づいてきている。

俺は今、思い切り床に叩《たた》きつけられようとしている。

そう確信して歯を食いしばったその時、体の下に腕が回され、俺はゆっくりと床に下ろされた。

「びっくりしましたか？」

「あ……ああ……」

「ふふっ、すみません。でもこれで少しは安心していただけるでしょう？」

ここでようやく何が起きたのかを理解した。

冬季《ふゆき》は俺の腕を捻《ひね》り上《あ》げて足を払い、思い切り体を回転させた。

そして床に叩《たた》きつけられる直前、彼女は俺が落ちるよりも速く屈《かが》みこみ、下から俺の体を支えたのだ。

一体どんな身体能力があれば、こんな動きが可能なのだろうか。

「稲森《いなもり》様、お伝えし忘れておりましたが、冬季《ふゆき》様はご自身で身を守ることができるよう、本社の特殊警護人たちの指導の下、訓練を積んでおります」

「そ、そうなんですね……」

立ち上がった俺は、自分の手首を触る。

かなり強く捻《ひね》られたと思いきや、どこにも痛みがない。

体が反転したことによる違和感のようなものは残っているものの、何の支障もなく動けそうだった。

「さすがに朝陽《あさひ》には敵《かな》いませんけどね。しかしこれで、ハル君も少しは安心できるでしょう？」

「……ああ、すごく安心したよ」

「それは何よりです」

確かに無理に守ろうと思わなくても、冬季《ふゆき》自身がこれだけ動けるのであれば何の問題もなさそうだ。

しかしせめて冬季《ふゆき》に守られることがないように、俺も変わらず日野《ひの》さんに指導してもらおう。

彼女に相応《ふさわ》しい男になるためにも、どんなことでもコツコツと、だ。

「あれ、でもこれだけの護身術があるなら、酔っ払いに絡《から》まれていた時も一人で何とかできたんじゃ……」

「……さて、そろそろ出発する時間ですよね。朝陽《あさひ》、外出のために車の準備をお願いします」

あれ？　もしかしてめちゃくちゃ自然に無視された？

聞こえなかったのかな？

「これだけの護身術があるなら、酔っ払いに絡《から》まれていた時も一人で何とかでき――」

「かしこまりました、すぐに準備いたします」

「いや、あの……」

「車を回しますので、稲森《いなもり》様はマンションの外でお待ちください」

冬季《ふゆき》が日野《ひの》さんに指示を出す。

どうやら俺は触れてはいけない部分に触れてしまったらしい。

冬季《ふゆき》と日野《ひの》さんから「もう聞くな」というオーラが滲《にじ》みだしているように見える。

知らなくてもいいことがあるというのは、こういう時に使う言葉なのだろう。

まあ時間が迫っていることは確かだ。

とはいえ二人が急《せ》かすほど切羽詰まっているわけではないのだが。

「まだ少し時間があるんで、一旦汗を流してきていいですか？　割と激しく動いたし……」

「え⁉　シャワーを浴びてしまうんですか⁉」

「いや、だって車が汗臭くなったら嫌だろ？」

「ハル君の匂いが沁《し》みついた車なんて最高じゃないですか！　私はハル君の汗の匂いも大好きですっ！　香水にして毎日吹きかけてから家を出たいくらいなのに！」

「えっと……それは遠慮してほしいかな」

自分の汗の匂いの香水なんて、一体どんな拷問だろう――。

結局俺は冬季《ふゆき》の必死の懇願を振り切って、シャワーで汗を流した。

そうして汗の匂いがしなくなった状態で、日野《ひの》さんの車に乗り込む。

――冬季《ふゆき》と共に。

「さて、じゃあ行きましょうか」


練習の場所に選ばれたのは、俺と雅也《まさや》の地元の中学校の体育館。

敷地内《しきちない》の駐車場に車を止めてもらった俺たちは、そのまま体育館の方へと向かった。

体育館の扉の前には、すでに見知った男の姿がある。

「お、来たか……って、何で東条《とうじょう》がいんだよ⁉」

「え？　だってバスケを教えてくれるって言ったじゃないか」

げた。

「お前にな⁉　え、もしかして俺、東条《とうじょう》にもバスケを教えることになるのか⁉」

雅也《まさや》から訝《いぶか》しげな視線を向けられた冬季《ふゆき》は、えらく真剣な表情を浮かべながら深々と頭を下げた。

「お願いします。今度の球技大会、私はどうしても勝たないといけないのです」

「……何があったんだよ」

困惑した様子で、雅也《まさや》が問いかける。

冬季《ふゆき》は秋本《あきもと》先輩との事情を、事細かに話し始めた。

最後までそれを黙って聞いていた雅也《まさや》は、大きなため息を吐《つ》く。

「はぁ……なるほどね」

ずいぶん勝手なお願いだとは思う。

しかし、どこか不穏な空気が流れる中、雅也《まさや》はニヤっと口角を吊《つ》り上《あ》げた。

「面白いな、それ。あの東条冬季《とうじょうふゆき》と同じくらい有名な生徒会長のバトル……！　男ってのはそういう熱い戦いが好きなんだよな！」

いつになく楽しげな雅也《まさや》は、自分の胸を強く叩《たた》く。

「そういうことなら手伝ってやろうじゃねぇか。けど、本気で教えちまっていいんだよな？」

「はい、お願いします」

「へへっ、あの東条冬季《とうじょうふゆき》が俺に頭を下げてると思うと気分がいいなぁ！」

「……っ」

冬季《ふゆき》のこめかみがぴくぴくと痙攣《けいれん》している。

ああ、多分悔しいんだろうなぁ。

何を隠そう、雅也《まさや》にバスケを教えてもらおうと提案したのは俺なのだが、その時も冬季《ふゆき》はずいぶんと渋い顔をしていた。

彼女としては雅也《まさや》に頼ることは避けたかったようで、その時はその理由が分からなかったのだが、今こうして見ると「ああ」と納得できる。

調子に乗った雅也《まさや》は、確かにちょっとウザい。

「ハル！　お前もしっかりついてこいよ！　うちのクラスの男子の部の勝利は俺とお前に懸かってんだからな！」

「分かってる。よろしく頼むぞ」

「おうよ。んじゃ、ついてこい」

そう言いながら、雅也《まさや》は体育館の鍵を開ける。

「普段ならバスケ部の休日練習があるけど、今日は練習試合の日だからな。一日自由に使っていいってさ。ナイスタイミングだよな」

扉を開いた先……実に一年以上ぶりに、ここの景色を見た。

俺の記憶の中の体育館とほとんど何も変わっておらず、自然と懐《なつ》かしい気持ちがこみ上げてくる。

ただ感傷に浸っている場合ではない。

今日丸一日練習したところで、俺と冬季《ふゆき》にとっては付け焼刃と変わらない。

週明けの昼休みや放課後を練習に回したとしても、すでにバスケの心得がある者には到底敵《かな》わないだろう。

それでも、やらないよりは圧倒的にマシである。

「にしてもよ、まさかハルの後輩まで生徒会だったとはな。あの生徒会長が目立ち過ぎてて気づかなかったぜ。しかもバスケ部にも入ってるんだろ？」

「ああ、俺もかなり驚いた。でもバスケ部のお前なら、女バスに八雲《やくも》がいることくらい知っているると思ってたんだけど」

「いやー、正直男バスは練習中はガチだからな。周りを気にしている余裕なんてねぇよ。それに俺はクラブ練習もあるし、そもそも高校の体育館にいない時があるからな」

「まあ、確かにそうか」

体育倉庫からボールを取り出した俺たちは、ひとまず軽い準備運動を始めた。

屈伸や伸脚、その後体育館の中を何周かランニングして、三人でパスを回し合う。

その時雅也《まさや》の投げたボールを受け止めた俺は、一つの違和感に気づいた。

「あれ、何かボールが小さくないか？」

やたらとボールの納まりがいい気がする。

軽くて受け止めやすいというか、何というか。

「知らねぇのか？　女バスと男バスではボールのサイズが違うんだよ。今投げてんのは女バス用だ。東条《とうじょう》にはこいつを使ってもらって、後で俺たちは男バス用のボールで練習する」

「ああ、なるほど」

俺はそのボールを、冬季《ふゆき》へと回す。

軽々とそれを受け止めた冬季《ふゆき》は、何度か床について感触を確かめた後、雅也《まさや》へと送球した。

「ん、パス上手《うま》いな。何か球技やってたのか？」

「一応一通り手は付けています」

「一通り……？」

「はい、バスケ、バレー、サッカー、野球、ソフトボール、卓球、テニス、ハンドボール……メジャー所の球技でしたら、それぞれ基本は身に付けています」

「……マジかよ」

多分マジだ。

彼女の言う基本というのがどこまでの話かは分からないが、少なくとも球技大会程度なら即戦力であることは間違いない。

しかし今回に関してはそれだけでは不確定要素が多すぎる。

「せめて私一人でも相手をドリブルで抜けないと話になりません。なのでできればそこを重点的に教えていただきたいです」

「……分かった」

冬季《ふゆき》の真剣な顔を見て、雅也《まさや》にもスイッチが入ったように見えた。

雅也《まさや》の教え方は分かりやすい。

だから貴重な休日をもらってまで、奴《やつ》に頼み込んだのだ。

冬季《ふゆき》もそれを理解しているからこそ、時間を無駄にしないために集中しているのだろう。

「基本の範囲を把握しておきたいんだが、レイアップシュートはできるか？」

「はい」

「よし、ならもうドリブルでの抜き方から教える。ハル、付き合え」

俺は頷《うなず》き、ゴールの前に立つ。

「一対一での抜き方を教える。先に言っておくが、相手が二人でかかってきた時点でドリブルで抜くことは諦めろ。抜けば大きなチャンスが得られるが、リスクが大きいし戦力差がないとまず無理だ。東条《とうじょう》のハイスペックさは皆知ってるし、下手したらバスケ部の連中がマークにつく可能性があると考えると、まず抜きにかからない方がいい」

「分かりました」

「ただ、相手が二人でかかってきたってことは、自分のチームのマークが一人分外れているということだ。パスの出しどころは必ずある」

サッカーなど、ボールを運ぶ競技では基本的な話と言えるだろう。

まあ俺は言われるまで気づいていなかったが。

「ドリブルで抜けるメリットは、まず一人かわすことで他の敵が一人のマークを外して潰しに来ないといけなくなるところだ。そうすればさっき言ったことと同じ状態になって、パスが通るようになる。この攻め時を間違えると、カウンターを喰《く》らうから気を付けろ。抜くか抜かないか、パスを出すか、それともそのままキープして様子を見るか……一呼吸分の時間で、試合の状態は大きく変わる。さすがに判断を間違えるなとは言わねぇけど、せめてチームメイトの意志はまとめられた方がいいな。ドリブルで抜こうとする時はサポートに来させるとか、パスを回して相手の陣形を崩したいなら、速めのパス速度についてこれる奴《やつ》とやりたいことを共有するとか」

「なるほど、分かりました」

捲《まく》し立《た》てるような雅也《まさや》の説明を、冬季《ふゆき》は一度聞いただけで納得した様子で頷《うなず》いた。

この時点で俺は少しついていけなくなっているが、きっと俺が悪い訳ではないと思いたい。

世の中のことは、基本的に冬季《ふゆき》が特別なのだと言い聞かせていれば大抵の場合心が落ち着く。

「もちろん状況によって通じない場合なんて山ほどあるけど、まあ以上のことを考え方の一つとして頭に入れておいてもらって、一対一の抜き方を教える」

ようやく俺の出番らしい。

雅也《まさや》はボールをつきながら、ゆっくりと俺に迫ってくる。

「ドリブルにはフロントチェンジやらロールターンやら色々あるが、まあ一通りやってみてできそうなやつを練習する感じでいくか」

一度ボールを跳ねさせ、雅也《まさや》は一気に重心を下げる。

次の瞬間、そのワンバウンドでボールを持っていた手を入れ替えた。

意識が右から左に切り替わったせいで、俺の反応が一瞬遅れる。

そしてそのわずかな隙で、雅也《まさや》は俺を抜き去っていた。

「これが基本になるフロントチェンジって技だ。そもそもドリブルで抜いたかどうかの判断だが、相手の肩よりも向こうに自分の肩があればオーケーだ。そこから敵がどう止めようとしても、大抵の場合はファールになる」

「ふむふむ……」

「それじゃ次はロールターンを――――」

雅也《まさや》はそこからいくつかのドリブル技を見せてくれた。

当然俺はそのすべてを止めることができず、見事に抜き去られてしまっている。

その間、冬季《ふゆき》は食い入るように雅也《まさや》の動きを見ていた。

まるで脳裏に焼き付けるかのように。

「ふぅ……一通り技は見せたと思うけど、どれがやりやすそうだった？　個人的にはやっぱりフロントチェンジがおすすめだが……」

「――――ハル君、申し訳ないのですが、今一度ディフェンスをやっていただけないでしょうか？」

突然声をかけられ、休憩がてら水を飲んでいた俺は驚いてしまう。

「とりあえずやり方は覚えたので、実戦でやってみようかと」

「い、いいけど……」

俺は再びゴールを守るようにして立つ。

冬季《ふゆき》は女バス用のボールを持つと、何度か床に跳ねさせて感触を確かめていた。

右手と左手の切り替え、そして叩《たた》きつける威力や高さによって変わるバウンドのリズム。

あらゆるものを一通り確認した冬季《ふゆき》は、何かを確信して一つ頷《うなず》いた。

その様子は、二人でやったレースゲームで圧倒的な強さを見せるようになったあの時とよく似ていた。

「うん、大丈夫そうですっ」

冬季《ふゆき》が迫る。

俺は雅也《まさや》の時と同じように腰を落とし、彼女からボールを奪うために備えた。

しかし――――。

「え？」

冬季《ふゆき》が腰を沈めた瞬間、手元からボールが消えた。

右手から左手への持ち替え。

その速度があまりにも速く、俺は気づくことすらできなかったのだ。

こうなっては意識の遅れは一瞬どころではない。

体はかなり温まっていたはずなのに、俺はあっさりと抜かれてしまった。

「西野君《にしの》、これで合ってますよね？」

「あ、ああ……できてるな……」

「よかったです。じゃあ次はロールターンで」

それから冬季《ふゆき》は雅也《まさや》の教えたドリブル技を、そのまんま再現するかのようなクオリティで披露した。

俺はどれも止めることができず、呆気《あっけ》なく抜き去られてしまう。

雅也《まさや》の時ほどの力強さはないものの、挙動の一つ一つがしなやかで、まるですり抜けられたかのような錯覚を覚えた。

進行を妨げるために腕を伸ばしたとて、その間をするりと抜けられる。

「こいつは想像以上だな。ちょっと舐《な》めすぎてたわ」

雅也《まさや》はそう言いながら、ゴール下に立つ。

「東条《とうじょう》、次は俺が相手になる」

「……分かりました」

今度は雅也《まさや》がディフェンス役になるらしい。

俺はコートから出て、二人の様子を見学することにした。

「行きます」

冬季《ふゆき》が飛び出す。

迎え撃つ雅也《まさや》は、彼女の進行方向を塞ぐため両手を広げながら接近した。

「っ……！」

冬季《ふゆき》の表情が一瞬曇る。

俺と雅也《まさや》では多少なりとも体格が違う。

バスケの上手《うま》さ以前に、そのリーチから逃れることが難しいのだ。

言わずもがな、冬季《ふゆき》の体格は到底雅也《まさや》には及ばない。

「ふー……」

冬季《ふゆき》が息を吐いて、吸う。

その次の瞬間、室内用運動靴と床が擦《こす》れた時のキュッという音が響いた。

冬季《ふゆき》の体がまるで弾《はじ》けたかのように動きだす。

そして雅也《まさや》の足の外側に自身の足を置き、そこから一気に回転を決めた。

　しかし。

「ほっ！」

「っ！」

　バシンと、ボールが外に弾《はじ》かれる。

　点々と転がっていくそのボールを、冬季《ふゆき》は呆然《ぼうぜん》と見送っていた。

「抜いたと思って気を抜いたろ。ボールが手から一瞬浮いてたぞ」

「……確かに、油断しました」

「まあぶっちゃけ言うと、ここまでできる奴《やつ》は多分いねぇ。だからある程度油断したところで、あんたが止められることはねぇだろう。ただ……相手があの生徒会長となると、そんな甘いことも言ってられないかもな」

「そうですね。私にできることは彼女にもできる可能性は極めて高いかと」

「はぁ……会長も会長でバケモンだな。自信なくすわ」

　雅也《まさや》は盛大なため息を吐《つ》く。

　正直、その気持ちはすごく分かる。

「ま、逆に言うと教え甲斐《おしがい》があるってもんだ。次は守備の練習でもしておくか！」

「はい、お願いします」

「おっしゃ！　ハル、こっち来い。お前は俺と一緒に攻撃側だ」

俺は頷《うなず》いて、雅也《まさや》の下へと向かう。

何にせよ、冬季《ふゆき》は今真剣に練習に取り組んでいるのだ。

その邪魔をすることだけは、絶対にしてはならない。

◇◆◇

「西野《にしの》君、ありがとうございました」

「別にいいって。その代わり絶対勝てよ」

「はい、勝ってみせます」

夕方までみっちりと練習した俺たちは、日が暮れる前に解散することとなった。

冬季《ふゆき》としてはもう少し詰め込みたいところだったようだが、もうすぐ地域のバレーボールチームが練習に来てしまうらしい。

バスケットボールのチームなら交ぜてもらうこともできたと雅也《まさや》は言ったが、種目が違えばそうもいかない。

「雅也《まさや》、俺からも礼を言うよ。丸々一日ありがとうな」

「別にいいって。……さっきの話を聞く限り、東条《とうじょう》と生徒会長さんの実力は拮抗《きっこう》してるんだろ？　だったら俺の指導が入ったことで東条《とうじょう》が勝った時は、それは俺のおかげってことだ。想像するだけで気分がいいぜ」

「……そういうことにしとくよ」

「ああ、そういうことにしとけ」

そんな照れ隠しを残して、雅也《まさや》は自転車に乗って学校を去っていく。

残された俺と冬季《ふゆき》は、日野《ひの》さんが待ってくれている駐車場の方へと歩き出した。

「……やけに熱心だったな、冬季《ふゆき》」

「はい、どうしても負けたくないので」

冬季《ふゆき》の表情は、いまだにどこかピリッとしていた。

緊張が解けていないというか何というか。

「少しだけ、怖いんです。秋本《あきもと》先輩のことが」

「そうなのか？」

「あの人はどこか飛び抜けているというか……考え方や行動原理が、ほとんど読み取れないのです。何を考えているのか分からないということは、何をしてくるのか分からないということ。どんなに努力しても、私の想像を上回るやり方で攻められてはどうしようもありませんから」

「……」

「だから不安要素はできるだけ取り除いておきたいと――ハル君？」

「ああ、悪い。ちょっと考え事してて」

冬季《ふゆき》に謝罪しつつも、俺は考える。

彼女は一つ大きな勘違いをしている気がするのだ。

「冬季《ふゆき》、それって当たり前のことじゃないか？」

「……どういうことです？」

「人の頭の中なんて、簡単には読めないだろ。確かに冬季《ふゆき》は頭がいいけど、エスパーでも何でもないわけだし。相手が何をしてくるか分からないから、試合に勝とうとしている人たちはがむしゃらに努力するんじゃないか。何をしてきてもいいように、たくさん対策をするんだろう？」

「それはそうですが……」

「それこそ、すごく人間らしいと思うんだ。俺は冬季《ふゆき》のそういう一面を見ることができて、すごく安心しているよ」

東条冬季《とうじょうふゆき》は完璧だ。

どんなことでも、ノウハウややり方さえ知ってしまえばすぐにこなせるようになってしまう。

そんな人間を脅《おびや》かすものなんて、そうそうありはしない。

しかし恐怖を持たない人間なんて、果たして人間と呼べるだろうか？

人は恐怖があるから成長できる。

冬季《ふゆき》と離れたくないという気持ちで自分を磨いた俺が言うのだから、間違いない。

「今、冬季《ふゆき》はきっと成長の途中にいるんだよ。もっと前向きに、楽しんだ方がいいんじゃないか？　たとえ結果が振るわなくても、毎日生徒会が終わるまで俺は待ってるよ」

好きな人を待つ時間も、今の俺なら楽しめるはずだ。

だからって負けてほしいわけでもないが――。

「冬季《ふゆき》には気負わず戦ってほしいよ。せっかくの学校行事だし、楽しむことが大前提だからさ」

「ハル君……そうですね、少し思い詰め過ぎていたかもしれません」

冬季《ふゆき》は立ち止まって大きく深呼吸する。

息を吐き切った後で顔を上げた彼女は、どこか柔らかい表情を浮かべていた。

「そうですね、負けた所で死ぬわけでも数十億の負債を背負うわけでもないですし、もっと気楽でもいいのかもしれません」

「出てくる言葉の規模がでかいな……」

「ありがとうございます、ハル君。少し肩の力が抜けた気がします」

「それならよかった」

冬季《ふゆき》の役に立てたと思うと、やっぱりとても嬉《うれ》しい。

■05：春幸《はるゆき》と八雲《やくも》

あたしの学校には、すごい先輩が二人いる。

一人は、あたしと同じ中学だった秋本紅葉《あきもともみじ》先輩。

中学校でも生徒会長だった彼女は、この高校でも生徒会長をやっていた。

「八雲《やくも》君、君の努力家な部分はよく知っている。入学早々で悪いが、生徒会に入ってくれないか？」

実のところ、あたしは中学の頃も彼女の下で生徒会役員として働いていた。

あたしの明るさと、ドジを直すための努力を買ってくれているらしい。

秋本《あきもと》先輩は、この学校でもみんなの憧れの的で、完璧な人だった。

そんな人に頼られると、やっぱり嫌な気持ちはしない。

あたしはとりあえず生徒会に入った。

厳しい環境に自分を置けば、それだけ毎日注意しながら生活できるからだ。

まあ、仕事はほとんど秋本《あきもと》先輩がこなしちゃうから、あたしともう一人の役員は雑用しかやることないんだけど――――。

それでも必要とはしてくれているみたいだし、文句はない。

そして、もう一人。

一年上の東条冬季《とうじょうふゆき》先輩。

流れるような銀色の髪に、誰がどう見ても美人だと答えるであろう整った容姿。

初めて彼女の姿を見た時、あたしは何というか、その……生物としての敗北感を味わった。

人前では絶対言えないけれど、人としての出来が違うって思ったんだ。

そのインパクトは、秋本《あきもと》先輩と初めて会った時以上のものだったことを覚えている。

秋本《あきもと》先輩は、どんな人にも平等に接する人だ。

何というか……大袈裟《おおげさ》かもしれないけど、学校に関わる人間すべてを愛していると言った方がしっくりくる。

その点東条《とうじょう》先輩からは、そういうものを一切感じなかった。

冷たい、氷のような。

笑顔を見せないとかそういうわけでもない。

でも、人に怒られないために注意深く生きてきたあたしには分かる。

東条《とうじょう》先輩は、いつも心の底から笑っていなかった。

誰もが認める完璧超人ともなると、きっと人生もつまらないんだろう。

だから心の底から笑うことができない。

あたしは東条《とうじょう》先輩のことを、そういう人だと思うようになった。

しかし、最近そんな東条《とうじょう》先輩に彼氏ができたらしい。

あの東条冬季《とうじょうふゆき》が惚《ほ》れた男って、どんな人だろう？

誰もが気になって、一度は二年生の廊下の前を通ったと思う。

何を隠そう、あたしもちょっと気になって先輩の教室の前に行った。

恋人っていう特別な存在の前では、あの人はどういう顔で笑うのか。

あたしはずっと、それが気になっていたんだ。

「――――え？」

教室の中を覗《のぞ》き込《こ》んだ時、まず飛び込んできたのは、あの東条《とうじょう》先輩の満面の笑みだった。

同性でも見惚《みと》れてしまうような、魅力的な表情。

誰が彼女を本物の笑顔にしたんだろう？

そう疑問を抱きながら、あたしは視線を少しずらした。

「あ……」

思わずあたしは声を漏らす。

そこにいたのは、あたしが敬愛してやまない春幸《はるゆき》先輩その人だったから――――。

◇◆◇

コンビニのバイトに復帰してから、二度目のシフト。

これまで通り仕事をこなした俺は、バックヤードでの着替えを終えて大きく体を伸ばした。

（やっぱりいい気分転換になるな……）

あまりこういう言い方はよくないかもしれないが、俺が働くことに意味はない。

四時間働いて、およそ四千円の収入。

東条冬季《とうじょうふゆき》と共にいる以上、金銭的に不自由を覚えることはおそらくないからだ。

だからこの行動は、俺がだらけ過ぎず、人間らしく生きていくための防衛手段である。

冬季《ふゆき》との生活は甘くて、幸せで、心地いい。

それ故に、毒となる。

俺はその毒に負けないよう、定期的に自分を戒めるのだ。

どういう形であれ、彼女とずっと共に歩んでいきたいから。

「お疲れ様です！　春幸《はるゆき》先輩！」

「え？」

店長に挨拶してからコンビニを出ると、目の前のガードレールに見知った顔が座っていた。

「八雲《やくも》、お前どうしたんだ？」

「ちょうど部活がさっき終わったので、せっかくなら先輩に挨拶していこうかと思いまして」

「そんな、お前も疲れてるだろうに……」

「いいんです！　先輩に会えるなら」

やっぱり八雲《やくも》の笑顔は、人を元気にする。

その顔を見ると気が緩んで、バイトの疲れすらも忘れてしまうのだ。

「先輩、この後ちょっとファミレスでも行きませんか？　久しぶりにゆっくり話したいなって思ってて……」

「あー……悪い、この後はちょっと……」

今頃家で冬季《ふゆき》が夕飯を作ってくれているはずだ。

それが冷めてしまうのは絶対に避けなければならない。

「あ、そうなんですね……すみません、急に押しかけちゃって」

「いや、いいんだ。次は前もって声をかけてくれ。そしたら時間は作れるから」

「はいっ、分かりました！」

お茶目に敬礼をした八雲《やくも》を見て、思わず笑みを浮かべる。

とはいえ彼女の誘いを断ってしまったことへの罪悪感を覚えながら、俺は背を向けて歩き出そうとした。

「――――先輩！」

「ん？」

「あたしがもし球技大会で東条《とうじょう》先輩に勝ったら……」

「……」

「……いえ、ごめんなさい！　何でもないです！」

「そっか」

八雲《やくも》は、一体何を言おうとしたのだろう。

背を向けてこの場から離れてしまった俺には、それを予想することすらできなかった。

「――――ハル君？　大丈夫ですか？」

「え？」

「何だかボーっとしているように見えたので」

冬季《ふゆき》に声をかけられて、俺はハッと気づく。

手元には溶け始めのアイスがあった。

「ごめん、また考え事してた」

「最近多いですね……何か悩み事ですか？」

「うーん……」

元から一つのことを考え始めると他のことが目につかなくなる悪い癖があり、普段はそうならないように深く物事を考えないようにしていたのだが、最近は冬季《ふゆき》と一緒にいることも相まって気が抜けやすくなっていた。

「バイト帰りに、コンビニの外で八雲《やくも》が待ってたんだ。俺に何か言おうとしてたみたいなんだけど、内容は何だったのかなって……」

「八雲《やくも》さんが待ってた⁉」

「あ、ああ……バイト終わりに俺に会いに来てくれたらしい」

「……油断も隙もありませんね」

ギリっと、冬季《ふゆき》から歯ぎしりの音が聞こえた。

多分美少女が出しちゃいけない音な気がする。

「球技大会で冬季《ふゆき》に勝ったらどうのこうのって言ってたよ。向こうもやる気満々だな」

「……そういえば、私の敵は秋本《あきもと》先輩だけではなかったですね」

えらく真剣な表情を浮かべ、冬季《ふゆき》は俺の隣のソファーに腰掛ける。

「で、でも……球技大会での勝負って冬季《ふゆき》と秋本《あきもと》先輩の戦いなんだろ？　八雲《やくも》は関係ないんじゃ……」

「勝負の内容は、もっとも順位が高い者が自分の望みを通すことができる、というものです。

私も秋本《あきもと》先輩とのタイマンだと思っていましたが、文脈にはまだまだ穴があります。あの場にいた八雲《やくも》さんまで勝負に加わっていると言われてもおかしくはありませんし、勝負を呑《の》んでしまった以上それを卑怯《ひきょう》とは言えません」

「……」

いや、言ってもいいと思うけど――。

「八雲《やくも》さんが勝った時は、おそらくハル君を生徒会に突っ込むつもりでしょう。それでは秋本《あきもと》先輩が勝った時とほとんど同じです」

「全然同じじゃないぞ……？」

「え？」

「そもそも俺に生徒会役員なんて務まらないし、多分冬季《ふゆき》より拘束時間が多くなると思う」

「……」

「だから八雲《やくも》が優勝するのが一番まずいかな……あいつには悪いけど」

「あの、ハル君？」

「ん？」

「えっと、本気で言ってます？」

冬季《ふゆき》があまりにも驚いた顔をしているものだから、俺は困惑してしまった。

何か変なことを言ってしまったのだろうか？

「……ハル君、あなたは自分で思っているより優秀な方だと思いますよ？」

「……？」

「学校の勉強もおろそかにしないまま、放課後はコンビニでバイト、そのまま深夜にかけて交通誘導のバイト。私が言うのもなんですが、一般的な方なら一ヵ月ほどで体を壊していると思います」

「まあ、決して楽な生活ではなかったけど」

「一年以上その生活を送って、その程度で済んでいること自体がおかしいんですよ。それでも私とこうして暮らし始めるまで無事でいられたのは、ハル君自体がすごく要領のいい方だからです」

「うーん……そう、なのか……？」

辛《つら》かったしやりたくてやっていたわけでもないから、ストレスは半端《はんぱ》じゃなかったと思う。

だけど途中から慣れて、いつの間にかそれが当たり前になっていた。

だから自分の体が壊れる寸前であったことも、気づけなかったのかもしれない。

今思えば、だいぶ寿命を削った一年だった。

あれだけギリギリな生活を送っておいて要領がいいと言われるのは少し複雑だけれど、冬季《ふゆき》から褒められると無条件で嬉《うれ》しい。

「きっとハル君が普通に生活しているだけで、色んな企業からスカウトが殺到するでしょうね」

「それは絶対大袈裟《おおげさ》だ」

「もうっ！　私はほとんどお世辞は言わないんですよ？」

「でもなぁ……」

「あ、もしどこかの会社で働きたくなったら、私にまず言ってくださいね？　お父様の会社と私の会社、どちらも合わせれば大体のジャンルは網羅できていると思うので、やりたい仕事は斡旋《あっせん》しますから。よその会社に取られるくらいなら、うちの会社で働いてもらう方が百万倍マシです」

「あ、ああ……」

「でも本当は働いてほしくないんですからね⁉　ハル君にはずっと家にいて、私におかえりなさいを言う仕事があるんですから！」

「……分かってるよ」

俺は早口でまくし立てる冬季《ふゆき》を見て、自然と頬が緩んだ。

どういう会話をしていても、彼女が一番に俺のことを考えてくれていることが伝わってくる。

それがたまらなく嬉《うれ》しい。

だから俺も、冬季《ふゆき》のことを一番に考えながら過ごすのだ。

俺に返せることは、決して多くないから。

「それにしても……ハル君を狙う輩《やから》はどこにいてもおかしくありませんね。特に八雲《やくも》さん。彼女は間違いなくハル君のことを狙っていると思います」

「狙ってるって……八雲《やくも》と俺はそんなんじゃないよ」

「……そうなんですか？」

「そういえば、冬季《ふゆき》には八雲《やくも》のことをあんまり話したことがなかったな」

「確かに、そうですね。よければ聞かせていただけますか？」

「いいよ。少し長くなるかもしれないけど……」

恋人を不安にさせたくない。

そう思った俺は、自分と八雲《やくも》のことを話し始める――。

◇◆◇

八雲《やくも》と出会ったのは、それこそ年度初めのこと。

俺が二年生、そして八雲《やくも》が一年生。

まだまだ初々《ういうい》しい彼女は、すごく緊張した様子でレジに立っていた。

「稲森《いなもり》、八雲《やくも》さんの教育頼める？　大体のことは教えたから、何か質問があれば答えてやる程度でいいからさ」

「はい、それくらいなら大丈夫です」

「よかった、んじゃ頼むね」

店長からそんなお願いをされた俺は、八雲《やくも》が自分の高校の後輩ということも相まって、しっかり面倒を見てやろうと張り切っていた。

八雲《やくも》のシフトが入っていたのは、基本土日。

俺もその日は稼ぎ時だったので、フルタイムでシフトを入れていた。

だから必然的に彼女と共に過ごす時間は多くなり、その様子が目に入ってくる回数も多かった。

正直に言うと、八雲《やくも》は俺が何か教えるまでもなくテキパキと仕事をこなしていた。

俺が新人だった頃よりもよっぽど優秀で、今思えばあれば彼女のハイスペックさの片鱗《へんりん》だったのだろう。

バイト二日目にして、レジ打ちは完璧にこなしていた。

大体のことが、言われる前にできていた。

特に質問もないみたいだし、俺はそこで彼女から目を逸《そ》らしたことを覚えている。

そう、俺は油断したのだ。

「だーかーら！　早く俺の言ったタバコを持ってこいって言ってんの！」

「で、ですから……銘柄ではなく番号で言っていただければ――」

「客を煩わせてんじゃねぇよ！　テメェがちゃんと覚えてなかったのが悪いんだろうが！」

「ひっ……」

そんなやり取りが聞こえてきた時、俺はちょうど別のレジで接客していた。

思わずもう一つのレジの方へ視線を向ければ、大柄な中年男性が八雲《やくも》に向けて怒鳴っているところが目に入る。

タバコ関係で怒鳴ってくる客は、実は一定数いる。

特に目的があるわけでなく、ただ人に怒鳴りたいだけの厄介な客だ。

店長は日頃そういう客をぶん殴りたいと言っていたが、なるほど、確かに殴りはしないにしても、追い返したくはなる。

などと悠長なことを考えている場合ではない。

「……申し訳ございません、少々お待ちいただけますか？」

「大丈夫ですよ。……大変ですね」

「すみません、そう言っていただけるとありがたいです」

俺は客に断りを入れて、八雲《やくも》の下へ向かった。

ここは確実に助けに入るべき状況だと判断したからだ。

「――お客様、いかがされましたか？」

「あ？　何だよ、お前……」

「うちの新人がすみません。タバコですよね、銘柄をお願いできますか？」

「おい！　俺はこの女に言ってんだよ！　でしゃばってくんな！」

「ですが、後ろのお客様もお待たせしてしまっているので……」

男が後ろを振り返ると、そこには商品を持って並ぶ客の列ができていた。

皆イライラした様子で、彼を睨《にら》んでいる。

男は顔をしかめた後、盛大な舌打ちをこぼした。

「チッ、もういい」

男はそう吐き捨てて、コンビニを去っていった。

俺は隣にいた八雲《やくも》に視線を送り、とりあえず胸を撫《な》でおろす。

「後は大丈夫だな？」

「は、はい……！」

「よし、頼むぞ」

客を待たせてしまったせいで、だいぶ長い列ができている。

今の八雲《やくも》のメンタルでテキパキと仕事がこなせるかどうかは不安だったが、ここはもうやってもらうしかなかった。

しかしそんな俺の心配をよそに、彼女は普段通り仕事をこなしていた。

顔色はまだ少し青かったが、問題があるようには見えない。

この日は俺も自分の仕事に集中し、シフトを終えた。

「お疲れ、八雲《やくも》さん」

「あ……ありがとうございます」

「……」

バイト終わり、俺は外で項垂《うなだ》れていた彼女に温かいミルクティーを渡した。

辛《つら》いことがあった彼女への、せめてもの励ましだった。

この落ち込みよう、少し見覚えがある。

俺のバイト初日も、確かこんな風に上手《うま》くいかなくて落ち込んでいた。

何だか懐《なつ》かしくなってしまい、俺は笑みをこぼす。

「ど、どこか変ですか？」

「いや、懐《なつ》かしいなぁと思って」

「え？」

「俺も一年前は客に怒鳴られたりしてたからさ。パニックになる気持ちも分かるんだよ」

確かあの時は弁当を温めるかどうか聞いたら、何故《なぜ》か「いちいち聞くな」って怒鳴られたんだっけ。

今考えても理不尽な話だった。

そんな過去を思い返しつつ、俺は自分用に買った缶コーヒーに口をつける。

「でも、八雲《やくも》さんはよくできている方だ。タバコは仕方ないとしても、他のことはもう滞りなくできるようになっているし」

「本当ですか……？」

「ああ。ずっとメモを取ったりして真面目に取り組んでたおかげだな」

八雲《やくも》はずっと、店長からの指導を事細かにメモを取っていた。

その姿は何度も目に入ってきたし、印象的だった。

八雲《やくも》の勤勉な姿勢に、俺は強い好感を持ったんだ。

その努力が理不尽な形で潰されるのは、見たくない。

だから少しでも元気になってもらえればと思ったのだ。

「あの……先輩」

「ん？」

「春幸《はるゆき》先輩って呼んでも……いいですか？」

突然、八雲《やくも》はそんなことを言ってきた。

「ああ、いいよ」

これまでずっと稲森《いなもり》先輩や、先輩と呼ばれてきた中で、多少呼び方が変わるという程度でとやかく言うような性格はしていない。

「ありがとうございますっ！」

「ははっ、八雲《やくも》さんは元気だな」

「元々のあたしの取柄は元気ですから！　あ！　あたしのことはぜひ呼び捨てにしてください！　世良《せら》で大丈夫です！」

「い、いや……さすがにそれは難しいな……八雲《やくも》でいいか？」

「うーん、ちょっと不服ですが、それでも大丈夫です！」

「……まあ、後輩をさん付けで呼ぶのはちょっとあれだしな。じゃあ、これからは八雲《やくも》で」

「はいっ！　春幸《はるゆき》先輩！」

◇◆◇

「――というのが、俺と八雲《やくも》が仲良くなったきっかけだな。でも何故《なぜ》かあの日以来八雲《やくも》のドジが増えたんだよなぁ……何でだろ」

「今の話を聞いて、安心できる方がおかしいと思うのですが……」

「え」

「はぁ……でも、とってもハル君らしいですね。私はあなたのそういうところが大好きです」

冬季《ふゆき》は呆《あき》れたような表情を浮かべながら、そう言った。

不思議と褒められている感じがしないのだが、気のせいだろうか。

「ハル君、改めて聞かせてください。ハル君は八雲《やくも》さんのことを、どう思っているのですか？」

「どう思ってるって……そうだな」

頭の中に、八雲《やくも》の姿を思い浮かべる。

背が低く、可愛《かわい》らしい顔をした八雲《やくも》の姿。

人懐《ひとなつ》っこい笑みで俺の後ろをついてくる彼女は、やはり俺にとって特別な存在だ。

「……妹みたいな存在、かな？」

「ああ……」

「あいつの存在は、俺に元気をくれる。本当に大事な後輩だ」

八雲《やくも》が側《そば》にいてくれるだけで、暗い気持ちがどこかに消える。

俺はあいつのことを、心の底から尊敬しているんだ。

「……恋愛感情に発展するみたいなことは、なかったんですか？」

「ああ、それ店長にも聞かれたけど……そんなこと考えてる場合でもなかったから、八雲《やくも》を恋愛対象として見たことはないよ」

この言葉に嘘偽《うそいつわ》りはない。

八雲《やくも》が俺を慕ってくれている感覚は、よく伝わってきていた。

だけど俺は、八雲に甘えるわけにはいかなかった。

先輩だから、頼れる存在でいなければならなかった。

「俺が気を抜いて安心して接することができるのは、冬季《ふゆき》だけだ。他の人と一緒にいる未来を考えるのは、ちょっと難しいかな」

「……ハル君はすごいです。言葉だけで私をこんなにも幸せにしてしまうんですから」

冬季《ふゆき》が俺に身を寄せる。

「ごめんなさい、ちょっと面倒臭いことを聞いてしまって」

「気にしないでくれ。俺も気持ちは分かるから」

俺だって、冬季《ふゆき》に仲のいい男の友人がいたら、正直気が気じゃない。

冬季《ふゆき》にそのつもりはなかったとしても、下心を持った人間が側《そば》にいるかもしれないと思っただけで不安になる。

俺も俺なりに、冬季《ふゆき》のことを独占したいと思っているのだ。

他の誰かに譲るなんて、死んでもごめんである。

「本当に、俺と八雲《やくも》の間には仲のいい先輩後輩以外の関係は入らない。それはあいつ自身も分かっていることだと思うんだ」

「そうなんですか？」

「ああ……まあ、何となくだけど」

八雲《やくも》との付き合いは、冬季《ふゆき》よりは長い。
だけど時間で考えれば、出会ってからまだほんの数ヵ月。
俺も八雲《やくも》のことを全然知らない。
それでも分かることはある。
俺とあいつは、似た者同士だ。
冬季《ふゆき》と俺が磁石のSとNだとしたら、八雲《やくも》と俺はNとN。
本物の磁石のように反発こそしないが、ぴったりとくっつくことはない。
それだけは、何となく分かってしまうのだ。
別《わか》れ際《ぎわ》に八雲《やくも》が言おうとした言葉。
あれはおそらく先輩と後輩の関係のさらに先へ踏み込みかねない言葉だったのだろう。
だから彼女は途中で口を閉じた。
俺と八雲《やくも》自身の関係を、壊さないために。
だから俺も、気づいていないフリをする。
八雲《やくも》との心地のいい関係を崩してしまわないために――――。

■06：ノブレス・オブリージュ

翌日。

球技大会を明日に控えたこの日、俺の日常は特に大きな変化もなく過ぎていた。

ただ昼休みだけは、いつも通りとはいかない。

俺の近くに、冬季《ふゆき》がいないのだ。

彼女はここ最近昼休みを使ってクラス練習に参加している。

最初にそれを聞いた時、俺は少し驚いた。

冬季《ふゆき》はクラスメイトと一線を引いていたし、あまりそういうことをしないと思っていたからだ。

『どうしても勝ちたいので』

そう言って苦笑いを浮かべていた彼女は、今も体育館かどこかで練習をしているのだろう。

俺が雅也《まさや》だったらもう少し協力できたのだが、これぱかりは歯がゆい思いを甘んじて受け入れるしかない。

昼食を終えた俺は、トイレを済ませて教室へと戻ろうとしていた。

その途中、向こうから見覚えのある長い黒髪の女子生徒が歩いてくる。

彼女は大量の書類を抱えたまま歩いているのだが、その足取り自体はかなりしっかりしていた。

「あの、秋本《あきもと》先輩？」

「おや、確か東条《とうじょう》君の彼氏君だったかな？」

「はい……稲森《いなもり》っていいます」

「ああ、そうだそうだ、稲森《いなもり》君だったね」

先輩に挨拶したはいいものの、やはり抱えられている大量の書類が気になってしまう。

「えっと、その書類は何なんですか？」

「去年の部活動の部費や経費について書かれたものだよ。うちの学校はそれなりに部活動自体が多いからね。必然的に書類も増えてしまうんだ」

「それをどうするんですか？」

「全部まとめて計算して、今年の予算を設定するんだ。部費の割り当ては私たちの役目だからね」

「なるほど……」

何度見てもとてつもない量だ。

秋本《あきもと》先輩は涼しい顔をしているが、この姿を見て「大変ですね、お疲れ様です」と言って横を抜けていくようなこと真似《まね》は、俺にはできない。

「あの、半分くらい持ちますよ」

「え？」

「そのままじゃ前も見にくいと思いますし……怪我《けが》でもしたら大変ですから」

「大丈夫だよ。まあ確かに視界は悪いけど、私は一人で運びきれるから」

「申し訳ないですけど、俺もこの姿を見て放ってはおけないんです」

俺は先輩の手から半分ほど資料を奪い取り、両手で抱える、

（おっも……！）

両手にずっしりとくる重さ。

これで半分なのだから、全部を抱えていた秋本《あきもと》先輩の腕にはどれだけの負荷がかかっていたのだろう。

涼しい顔で運んでいたのは、やはり超人たる故か。

「どこまで運べばいいんですか？」

「……二階の生徒会室だ」

「分かりました、じゃあそこまで行きましょう」

唖然《あぜん》としている先輩をよそに、俺は生徒会室へ向かって歩き出す。

これを持ったまま階段を上るのはだいぶきつい。

足元も見えづらくなるから、下手したら階段を踏み外して転げ落ちかねないだろう。

念には念を。たとえ余計なお節介だったとしても、こういうのは安全な策を取っておいた方がいいのだ。

「……ありがとう、運んでくれて」

生徒会室にたどり着くと、秋本《あきもと》先輩からお礼を言われた。

彼女はいまだ困惑した様子を見せており、何故《なぜ》か俺と書類を交互に見比べている。

「だけど、どうして手伝ってくれたんだい？　君は東条《とうじょう》君を生徒会に入れたくないと思っているのだろう？　それなら私が危険な目に遭った方が嬉《うれ》しいんじゃないか？」

「……何を言っているのかよく分かりません。危なっかしい人を見たら手を差し伸べたくなるのって、普通のことじゃないですか？」

「それは確かに当然かもしれないが、その理屈でいくと君は私が危なっかしく見えたということになるね」

「はい、見えましたね」

「……ふむ」

秋本《あきもと》先輩は顎に手を当てて考え込み始める。

さっきから彼女が何に疑問を抱いているのかが分からず、俺は困惑していた。

「――――そうか、実は君は私のことが好きで、私に好意を持ってもらいたいから下心で手伝ったんだな？」

「まったく違います」

「何だって⁉」

いや、何故《なぜ》驚いているんだ。

どう考えても違うだろう。

「俺には大事な人がいます。下心で行動なんてしませんよ」

「……では、本当に私が危なっかしく見えたと？」

「はい」

あんな大量な書類を抱えて歩いている人が、危なっかしくないわけがない。

もちろん俺に下心なんて一ミリもないし、それで何か見返りを要求しようとも思っていない。

そうすべきだと思ったから、これまでだってずっとそうやって生きてきた。

「なるほど……君、確かに面白いね」

「え？」

秋本《あきもと》先輩が俺の顔を覗《のぞ》き込《こ》む。

長い黒髪からはいい匂いがして、うっすらと紫がかった眼《め》には神秘的な魅力があった。

しかしまあ、冬季《ふゆき》と長い時間を共にしているためか、ドキドキするようなことはない。

ああ綺麗《きれい》だなぁと思う程度だ。

「八雲《やくも》君が君を欲しがる理由が少し分かった気がするよ。君からは強い気遣いというものを感じる」

「気遣い、ですか」

「うん。気配りや配慮が上手《うま》いんだろうね。確かに君がいれば、生徒会ももっと過ごしやすい場所になるかもしれない」

「そんな……大袈裟《おおげさ》ですよ」

「というわけで！　君も生徒会に入らないか？」

「入りません」

「……」

「……」

絶妙な沈黙が、生徒会室の中を漂った。

「何故《なぜ》皆生徒会に入ることを拒むのかな。三年生になれば内申点にだって影響が出るし、大学への推薦だってもらいやすくなるかもしれないんだよ？」

「それは魅力的ではあるんですけど……」

シンプルに将来のことを考えれば、入っておいて損はないかもしれない。

だけど冬季《ふゆき》が入りたくないと言っているのに、俺が代わりに入るようなことがあれば本末転倒だ。

本当に、自分の時間を割いて学校のために働く秋本《あきもと》先輩たちには頭が上がらない。

「少し、意地悪なことを言ってもいいかい？」

「……何でしょう」

「君は私が重い書類を抱えているところを助けてくれた。じゃあ、人数が足りない生徒会への加入を断るのは何故《なぜ》だい？　私たちが困っているとは、思わないのかな？」

確かに、ごもっともな指摘だった。

俺が本当に気遣いのできる聖人なのであれば、ここで生徒会に入ってお茶汲《ちゃく》みでも何でもやるべきなのかもしれない。

だけど。

「お節介だと分かっていることを、わざわざしたいとは思いませんから」

「どういう意味かな」

「秋本《あきもと》先輩は俺のことを必要としてないでしょう。それくらい分かります」

俺は冬季《ふゆき》のように、秋本《あきもと》先輩と対等に会話できるような格を持っていない。

だけど、これだけは分かっていた。

秋本《あきもと》先輩が今必要としているのは、東条冬季《とうじょうふゆき》だけだ。

俺に対して興味は持ってくれているのかもしれないけれど、根本的に俺を必要としているわけではない。

「……ふっ、なるほど。やっぱり面白い子だね、君は」

「褒めてます？　それ」

「褒めているよ。私も面白い子は好きだからね。でも、確かに私は生徒会役員として君を必要とはしていない。もちろんいてくれれば人手が増えて助かるかもしれないけど、いなくても問題がないからね」

いなくても問題ないから、無理には誘わない。

つまるところ冬季《ふゆき》に関しては、どうしてもいてほしいから誘っているということになる。

「……どうしてそんなに冬季《ふゆき》を欲しがるんですか？」

「ん？　そんなの、彼女が優秀だからに決まっているだろう？」

「……」

「ここ二年間で、この学校の生徒会は私色に染まってしまった。力もあるが、その分仕事も多い。もし私が適性のない人間に後釜を任せれば、きっとその仕事量に潰されてしまうことだろう」

なるほど、そういうことか。

「冬季《ふゆき》なら、確かにその後釜を務められるかもしれませんね」

「うん、その通り。彼女は私によく似ている。人を惹《ひ》き付《つ》ける力も、先導する力も、そして取り巻く環境も」

それについては、俺も否定しない。

「私の代わりができるのは、彼女だけだ。だからどうしても生徒会長になってほしい。この学校のためにも」

秋本《あきもと》先輩は、この学校を本当に大事に想《おも》っているようだ。

だけどその部分に冬季《ふゆき》との明らかな差異が存在する。

「秋本《あきもと》先輩……その考えには、冬季《ふゆき》がこの学校を大事に想《おも》っているという前提が必要なんじゃないですか？」

「うん？」

言い方は悪いが、冬季《ふゆき》はこの学校のことを大事に想《おも》っているわけではないと思う。

何故《なぜ》ならば彼女にとっては通過点でしかないから。

すでに両親の会社を継いでいくことが決まっている冬季《ふゆき》にとって、学校に通っているという事実すらすでに必要ないと言っても過言ではない。

だからわざわざ生徒会長という責任が重い役職を引き継ぐメリットもないのだ。

「分かっていないな、稲森《いなもり》君」

「……？」

「私たち持って生まれた人間には、それ相応の役割が与えられる。何かをできない人の分まで自分が背負うという役割が」

秋本《あきもと》先輩は、さも当然といった様子でそう語る。

その様子を見て、背筋に寒気が走った。

この人は、やっぱり何かが違う。

何かがおかしいのだ。

何か、冬季《ふゆき》とは違う根本的な何かが――壊れている。

「私たちが人の数倍働くのは当然なんだよ。何故《なぜ》ならばそれができるから。できるのにやらないというのは、私にとっては悪でしかない。私たちに〝やりたくない〟はあってはならないんだよ」

「……」

「今度の勝負で、東条《とうじよう》君にもそれを理解してもらうつもりだ。持って生まれた者の使命を自覚させてあげないとね」

「っ、秋本《あきもと》先輩……あなたは――」

俺の言葉を遮るようにして、昼休み終了のチャイムが鳴り響く。

「おっと、ちんたらしてしまったね。急いで教室に戻るといい。このままじゃ遅刻になってしまうよ？」

「……はい」

俺は生徒会室を急いで飛び出し、自分の教室へと駆け込む。

その様子を心配した雅也《まさや》に話しかけられたが、上手《うま》く返すことができなかった。

俺は、逃げたんだ。

秋本《あきもと》先輩という存在から。

彼女の異常さを、俺は理解できなかった。

理解できるのは、きっと————。

(きっと、冬季《ふゆき》だけだ……)

救うか、それとも掬《すく》われるか。

その勝敗は、すべて球技大会当日に投げられた。

◇◆◇

生徒会室を出て行った稲森《いなもり》君を見送り、私もすぐに自分の教室へと戻る。

さすがは東条《とうじょう》君の彼氏ということもあり、面白い子だった。

私にあそこまで食って掛かってくれる子は、かなり珍しい。

どうやら私は人によっては怖いという印象を抱かれやすいらしく、正面から意見を言ってくれる人は極めて貴重なのだ。

確かにどうしても稲森《いなもり》君が生徒会に必要というわけではないのだが、いてくれればそれはそれで面白いんだろう。

「秋本《あきもと》さん、ちょっといい？」

その後、いつも通り真面目に授業を受けて、放課後が訪れた。

私は今から先ほど運んだ予算の資料をまとめなければならないのだが、教室を出る前にクラスメイトに呼ばれたため、足を止める。

「うん？　どうしたのかな」

「あの、明日って本当に何もしなくていいの？」

「そのことか……もちろん。君たちはボールに触れたくないんだろう？」

「うん……運動苦手だし、ネイルが割れたら嫌だから」

彼女の手には、綺麗《きれい》な装飾が施されていた。

うちの学校は校則が緩めだから、こういったことも許される。

それにしても、可愛《かわい》らしいネイルだ。

これが割れてしまうのは確かに勿体《もったい》ない。

「できないことはしなくていい。明日は私が何とかするから、君たちは大船に乗ったつもりでいてくれ」

「うー……助かるっ、ありがとうね」

学校の行事には、時たま欠陥がある。

それは大体のイベントが強制参加という点だ。

私たちとは違って、皆にはやらないという権利がある。

彼女たちが動きたくないというのであれば、その分動ける私が努力すればいいだけの話だ。

それに、結局一人で戦った方が話が早い。

(楽しみだな……東条《とうじょう》君との勝負は)

彼女なら、きっと全力で私とぶつかり合ってくれる。

一対一。

きっと気持ちいのいい勝負ができることだろう。

■07：勝利宣言

先輩が変わった。

それまで少し冴《さ》えない雰囲気があったというか、比較的暗い印象があった人だったけど、突然今風になって、すごく格好良くなった。

あたしは元々、先輩の目が好きだった。

優しいんだけど、奥に揺るぎない強さと男らしさがある、あの目。

それは先輩が頼れる人間である証拠だった。

あたしには兄はいない。

でももし兄ができるとしたら、それは春幸《はるゆき》先輩みたいな人であってほしいと思う。

(あたし……何してるんだろ)

廊下の隅から、春幸《はるゆき》先輩と東条《とうじょう》先輩が一緒に歩いている姿を見ていた。

あまり学校で話す機会がなかったから、そろそろ話しかけたいと思い始めていた時期。

あたしはその機会を、完全に逃してしまった。

(……モヤモヤする)

幸せそうにしている先輩の顔を見て、あたしの胸は締め付けられた。

でも、何だろう。
燃えるような嫉妬とか、そういう激情はない。
東条《とうじょう》先輩という存在が、あまりにも春幸《はるゆき》先輩の隣に似合い過ぎて。
あたしでは、春幸《はるゆき》先輩の隣には立てないと悟ってしまったんだ。
（でも、このまま何もせず負けたくない……）
このまま気持ちを押し殺すのは、あたしらしくなかった。
先輩の気持ちをあたしに向けることは、多分この先もできないだろう。
だけどもし東条《とうじょう》先輩の駄目な部分を見つけることができたら？
あたしの方が、春幸《はるゆき》先輩の隣に相応《ふさわ》しいかもって思わせることができたら？
あの〝東条冬季《とうじょうふゆき》〟に勝つことができれば――。
どうせ隣に立てないのなら、完膚なきまで叩《たた》きのめしてほしい。
絶対に可能性はないんだと理解させてほしい。
少しでも〝もしかしたら〟と思ってしまったら、あたしは諦められないから。
あたしはそういう人間だから。
あたしはこの日、あの東条冬季《とうじょうふゆき》に〝喧嘩《けんか》〟を売ると決めた。

◇◆◇

ついに球技大会当日がやってきた。

教室で体操着に着替えた俺は、隅っこの方から何となく周囲の様子を窺《うかが》う。

廊下の方では楽しそうな女子たちの声が聞こえ、教室では今日の大会をどう勝ち抜くのかという男同士の会話が繰り広げられていた。

「……」

それらの様子が、俺にはどこか遠いものに感じられていた。

まるでテレビを見ているかのような、そんな感覚。

端的に言えば、今日という日に現実味が感じられないのだ。

「よっ、何ボーっとしてんだ？」

「雅也《まさや》……」

「去年の球技大会、お前楽しむ余裕なんてなかったろ。今年は俺が思いっきり楽しませてやるから、覚悟しとけ」

雅也《まさや》はそう言いながら、ニッと笑う。

そうか、そういえばそうだった。

去年は忙しさのあまり、俺はイベントらしいイベントを一切楽しめていない。

何一つ記憶に残っていないのがいい証拠だ。

俺は二年生になって初めて、イベントを純粋に楽しむことができる立場にいる。

「……頼むぞ、雅也《まさや》。ついでに勝たせてくれ」

「おうよ！　全部このバスケ部エース様に任せとけ」

頼りになる雅也《まさや》と軽口を叩《たた》き合《あ》いながら、開会式の会場である体育館へと向かう。

かなりの広さを誇る体育館だが、さすがに全校生徒が入ると少し手狭だ。

夏間近ということもあり蒸し暑さに苦しみながらも、何とか開会式を乗り切ることに成功する。

そして束《つか》の間《ま》の自由時間。

まずは学年の中でトーナメント戦を行うため、俺たちのクラスの番が来るまではしばし待機だ。

「ハル君！」

雅也《まさや》と共に体育館の隅っこで駄弁《だべ》っていると、体操着姿の冬季《ふゆき》が近づいてきた。

「冬季《ふゆき》……」

「？　どうしたのですか？」

「……いや、何でもない」

直接本人に言うのは大変憚《はばか》られるのだが、胸元の布がとんでもないことになっている。

高校生にしてはかなり大きい胸が、悪さをしているらしい。

「あ、もしかしてこの体操着が気になります？　中々煽情的《せんじょうてき》になってしまってますよね、これ。一年生の頃からまた胸が大きくなってしまったせいか、最近この辺りが張ってしまうんですよ」

そう言いながら、胸を張る冬季《ふゆき》。

俺はそんな彼女に、慌ててジャージをかけた。

「あら？」

「頼むから人前でそういうのはやめてくれ……誰が見てるか分からないだろ？」

「大丈夫です。その辺りは抜かりありません。この角度であれば、ほとんどの人の目には映ってませんから。西野《にしの》君には彼女さんがいらっしゃいますしね」

まあ確かに、冬季《ふゆき》は人が多い方に背を向けているし、その強調された胸が見えているのは俺と雅也《まさや》だけだが――――。

「安心しろ、ハル。俺は無駄に実ったただの脂肪には何の興味もねぇから。やっぱり胸のサイズは俺の彼女のようにほどほどが一番――――」

「冬季《ふゆき》の胸を無駄な脂肪とか言うな」

「お前もお前で面倒くせぇな⁉」

冬季《ふゆき》は性格も外見も完璧だ。

無駄な部分なんて一つもない。

いくら親友の言葉でも、そこだけは訂正しておかなければならなかった。

「チッ、もういい！　お前らバカップルのコントに付き合ってられるか！　それより、勝てんのかよ、東条《とうじょう》」

「はい、勝ちます」

「うおっ……言い切ったな」

「当たり前です。私は東条冬季《とうじょうふゆき》なのですから」

そう言いながら、冬季《ふゆき》はにっこりと笑う。

雅也《まさや》との練習前のような、気負っている感じはない。

自分が自分だから勝てる。心の底からそう思っているからこそ、今の言葉が口から出たのだろう。

東条冬季《とうじょうふゆき》とは、本来〝最強〟なのだ。

大それたきっかけは必要ない。

彼女は、普段通りの自信を取り戻しただけである。

「ま、そんだけ自信があるなら大丈夫だな。確か先に女子の試合だっけ」

「ええ、そうだったと思います」

「そんじゃ俺たちはその見学から始めますか。俺の教えがしっかりできているか、確かめてやるよ」

「ふふっ、度肝を抜いて差し上げますよ」

自信満々にそう告げた冬季《ふゆき》は、クラスの女子と共に自分たちの試合のコートへと向かった。


「ふっ！」

冬季《ふゆき》の指先から放たれたシュートが、綺麗《きれい》にゴールへと吸い込まれる。

パスっという音の後、ボールは床で何度か跳ねた。

「「「うおぉぉぉぉ！」」」

コートの周囲にいた観客が、歓声を上げた。

「すげぇ！　東条《とうじょう》さんのスリーポイントシュート！」

「今日もう何本目⁉」

スコア、三十七対十一。

試合時間残り数分の段階で、点数差はトリプルスコア以上。

これはもう決まったと言っていいだろう。

「あー、こいつはマジのバケモンだわ」

隣でその様子を見ていた雅也《まさや》が、そう言葉を漏らす。

正直、俺も圧倒されていた。

「誰か東条《とうじょう》を止めて！」

相手のチームが叫ぶ。

その声に反応して、バスケ部に所属している女子が冬季《ふゆき》を止めに走った。

加えてもう一人、二人がかりで冬季《ふゆき》を止めるつもりらしい。

しかし――――。

「……っ」

冬季《ふゆき》の動きに緩急が生まれる。

まるでボールが彼女の手に吸い付くように動き、体の一部であるかのような錯覚を覚えさせた。

「くっ……」

敵チームの足が止まる。

冬季《ふゆき》が甘く動いてくれないが故に、ボールを奪いに行けないのだ。

バスケ経験者が動かないと、素人《しろうと》も中々思い切って動けない。

その淀《よど》みは、冬季《ふゆき》にとっては絶好のチャンスだった。

「あれも抜くぜ、それも簡単に」

雅也《まさや》がそう告げると同時に、冬季《ふゆき》はロールターンを用いてバスケ部の方を抜いた。

そして素人《しろうと》の方とぶつかる寸前、チームメイトにパスを出して衝突を回避。

そしてすかさずチームメイトからパスを受け取り、レイアップシュートでゴールを奪った。

相手がゴール後のボールを拾って反撃に移ろうとした瞬間、ホイッスルが鳴り響く。

紛れもない試合終了の合図だ。

「うちの女バスはガチじゃないとはいえ、それでも素人《しろうと》が勝てるもんじゃねぇんだけどな……」

呆《あき》れたように雅也《まさや》は言う。

開き切った得点差を見て息を吐いた冬季《ふゆき》の姿は、やはり誰よりも格好良く見えた。

「まずは初戦突破です！」

俺たちの下に戻ってきた冬季《ふゆき》は、試合中とは似ても似つかない可愛《かわい》らしい表情を浮かべて喜んでいた。

そんな彼女とハイタッチを交わした俺は、改めて先ほどの試合の点数差に目を向ける。

三十九対十一。

やはり何度見ても圧倒的だ。

「絶好調だな、東条《とうじょう》」

雅也《まさや》がそう声をかけると、冬季《ふゆき》は体を解《ほぐ》しながら俺と同じく点数表を見る。

「今日は特に体が軽いんですよね。今ならどんな人にも負ける気がしません」

「――――ほう、それは私たちが相手でも、かな？」

「……秋本《あきもと》先輩」

八雲《やくも》を引き連れた秋本《あきもと》先輩は、冬季《ふゆき》を見て不敵に微笑《ほほえ》む。

「初戦はすごい好調だったみたいだね。これなら勝ち抜けは大丈夫そうかな？」

「ご心配ありがとうございます。先輩こそ、調子は良さそうですか？」

「私はいつも通りさ。いつも通りじゃなかった日なんて一日もない。いつも通り、勝って終わりだよ」

「なるほど。では今日は初めていつも通りにいかなかった日になりますね」

「言ってくれるじゃないか……君と当たるのが楽しみだよ」

二人の視線が交差し、バチバチと火花を散らした。

やはり、冬季《ふゆき》をもってしても秋本《あきもと》先輩は油断できない風格を持っている。

彼女の全身から立ち上る自信は、オーラとして目視できてしまいそうなほどに濃かった。

「……」

そんな二人の様子を、八雲《やくも》が黙って見つめていた。

「どうした？　八雲《やくも》」

「あ、いえ……は、春幸《はるゆき》先輩は元気ですか？」

「ん？　ああ、まあ……調子はいいけど」

「そうですか！　良かったです！」

八雲《やくも》の笑顔は、何故《なぜ》かぎこちなかった。

もしかして体調が悪かったりするのだろうか？

顔色が悪いようには見えないが――――。

「む、私はそろそろ試合の時間だ。では東条《とうじょう》君、私と当たるまでは負けないでくれよ？」

「そちらこそ、油断だけはしないようにしてくださいね。あなたを負かすのは私です」

「ふっ、この秋本紅葉《あきもともみじ》にそんな言葉をかけられるのは、後にも先にも君だけだよ」

ニヒルな笑みを浮かべながら、秋本《あきもと》先輩は去っていく。

その姿を見て、俺はあの生徒会室での会話を思い出した。

「冬季《ふゆき》、その……」

「ん？　どうしました、ハル君」

「……いや、何でもない」

「？」

秋本《あきもと》先輩の考え方には、恐ろしいものがあった。

そして彼女は、冬季《ふゆき》を自分の方へと引き込もうとしている。

ただそれをどうして忠告するべきか、今の俺には分からなかった。

「何か心配事があるんですね、ハル君」

「っ……」

冬季《ふゆき》が俺の手を握る。

そのまま彼女の滑らかな指が、俺の手の甲を撫《な》でた。

「大丈夫です。絶対に勝ちますから」

「……ああ、分かった」

言葉では決して伝えていないものの、冬季《ふゆき》は何かを察してくれたらしい。

これで俺はもう、彼女を信じて送り出すことしかできないようだ。

「あの、先輩方。あたしもいることを忘れないでもらっていいですか？」

「あ……八雲《やくも》」

不機嫌そうに頰を膨らませていた八雲《やくも》は、俺の手を握ったままの冬季《ふゆき》を敵意のこもった目で睨《にら》む。

「東条《とうじょう》先輩。あたしもあなたには負けるつもりありませんからっ。決勝リーグで、絶対に貴方《あなた》を倒します」

「……私とて、負けるつもりはありません」

八雲《やくも》からの宣戦布告。

それを真っ向から受け止めた冬季《ふゆき》がそう言葉を返すと、八雲《やくも》は鼻息を荒くして俺たちの前から去っていった。

「敵が多いな、冬季《ふゆき》には」

「ええ、でもそれくらいの方が面白いのかもしれませんね」

俺の心配とは裏腹に、冬季《ふゆき》はこの先の勝負をとても楽しみにしているようだ。

何だか今の冬季《ふゆき》は、いつも以上に自信に満《み》ち溢《あふ》れている気がする。

理由は分からないけれど、頼もしいことに違いはなかった。

◇◆◇

「ほいっと」

雅也《まさや》のレイアップシュートが、綺麗《きれい》にゴールへと吸い込まれる。

そして相手チームが反撃のために動き出す前に、試合終了のホイッスルが鳴った。

三十二対十九。

それが俺たちの初戦のスコア。

相手チームにいたバスケ部を雅也《まさや》が押さえ込んでくれたおかげで、かなりいいスコアで勝つことができた。

「ハル、最後のパスよかったぞ。いい場所に立っててくれて助かった」

「お前が指で指示を出してくれてたからだよ。何となくだけど立っていればいい場所が分かったんだ」

「いやぁ、あれは……つい癖で部活のチームメイトに指示出す時と同じやり方でやっちまったんだ。だから誰もついて来れなくても仕方ないって思ってたんだけど、お前が思ったよりも周りを見てくれていたのがよかった」

俺としても、指示を間違った意味で捉えていなかったと分かり安心した。

雅也《まさや》の指示を見逃さなかったのは、ぶっちゃけただの偶然。

たまたま視界に入って、反射的に動いただけだった。

「今日のお前はいつも以上に冴《さ》えてそうだな！　これからもどんどん指示出してくから、この先の試合も頼むぜ」

「ああ、分かった」

それから俺と雅也《まさや》は、クラスメイトと次の試合について話し合う時間を設けた。

あくまでお遊びの大会ではあるが、勝てば嬉《うれ》しいし、負ければ悔しい。

皆何かしらの思い出を手に入れるため、勝ち続ける限りは全力を尽くす。

去年味わえなかった分、今年は俺もこの状況を全力で楽しもうとしていた。

「ハル君、さっきの試合見てましたよ！」

作戦会議を終えて各々《おのおの》休憩に入ったタイミングで、見計らったように冬季《ふゆき》が話しかけてきた。

「大活躍でしたね！　格好良かったです！」

「ありがとう。でもほとんどが皆のおかげだよ」

「でもその皆の起点になっていたのがハル君です！　縁の下の力持ち、最高でした！」

うっとりとした表情で俺を見る冬季《ふゆき》を前にして、俺は居心地が悪くなる。

冬季《ふゆき》はとてつもない褒め上手だ。

自分自身でも気づいていないような部分を的確に褒めてきたり、言い方を工夫してあらゆる方向から褒めてくるため、いまだに慣れない。

だから毎回照れてしまうし、簡単に嬉《うれ》しくなってしまう。

「西野《にしの》君もさすがでしたね。主力としての仕事をきちんとこなしている感じがありました」

「まあな。俺が一番働かねぇと、素人《しろうと》連中がのびのび戦えねぇし」

雅也《まさや》は言葉の通り、俺たちのようなそこまで運動やバスケが得意じゃない連中でもボールに触れられるよう、色んなシチュエーションを作り出してくれていた。

最初からあまりボールに関わりたくないと申告した者には、最低一回。

それ以外の人間にはパス回しに加わったり、時にシュートを打たせたりしていた。

バスケ部ワンマンチームでは意味がない。

そう考えた雅也《まさや》は、自分の負担が増えてでも全員が楽しめるゲームメイクを行っていたのである。

もちろんこれは雅也《まさや》自身の実力が飛び抜けているからこそできることであり、こいつの活躍あってこそのチームであることには間違いないのだが――。

「冬季《ふゆき》の方はどうなった？　しばらく見に行けなかったけど……」

「ああ、ひとまず決勝リーグ出場は決まりましたよ。とりあえずは及第点ですね」

「よかった、さすがだな」

体力と試合数の問題で、女子のバスケは試合時間が短い。

だから女子の方が早くトーナメントが終了し、決勝リーグへと突入するのだ。

「私としても一安心です。ただ、正直本番はこの先ですから」

冬季《ふゆき》と秋本《あきもと》先輩の勝負のルールは、決勝リーグでの順位次第。

そもそも決勝リーグに上がってこれなければ、即失格。

万が一にもここで負けていれば、そもそも勝負の舞台にすら立てないのだ。

「なあ、そもそも生徒会長さんは勝ち上がれてるのかよ」

「トーナメント表によると、ちょうど次が準決勝のようですね。三人で見に行きますか？」

冬季《ふゆき》に問いかけられ、俺は頷《うなず》く。

秋本《あきもと》先輩がどこまで動けるのか――。

やはりあれだけ自信満々だと、実際の動きが気になってしまう。

「よし、見に行くか！　あの人も大概完璧超人らしいけど、意外と運動音痴かもしれねぇしな！」

なんて楽観的な雅也《まさや》の言葉を聞きながら、俺たちは三年生女子のコートへと向かった。

「ほっ……と」

その会場は、静まり返っていた。

四十三対十。

そんな圧倒的な点数差を作り出している、一人の〝怪物〟のせいで。

「ソッコー！　せめてあと十点は取るよ！」

もはやそんな諦めの言葉と共に、敵チームがボールを放る。

それを受け取った人がドリブルで上がろうとした瞬間、彼女の手元からボールが消えた。

「え⁉」

「すまないね、いただくよ」

秋本《あきもと》先輩の長い手足が、ぬるりとボールを奪う。

そして迫力のあるドリブルで一人、二人と抜き去り、あっという間にゴール下までたどり着いてしまった。

そこから放たれる綺麗《きれい》なレイアップシュート。

ここまで、ほんの六秒程度の出来事だった。

「……あれもあれでバケモンだな」

雅也の言葉に、俺は頷く。

秋本先輩が奪い、秋本先輩が決める。

その流れはテンプレート化していたようで、それからタイムアップまで、彼女は点を決め続けた。

五十一対十。

それが最終的なスコアである。

「はぁ……生徒会長マジやばすぎ」

「あんなの勝てるわけがないよね」

負けたチームの人たちが、そんな会話をしながらコートから去って行く。

確かにあの暴れっぷりを目の当たりにしたら、呆《あき》れてしまうのも無理はない。

実際俺も止めるビジョンがまったく見えてこなかった。

もし秋本《あきもと》先輩とワンオンワンをしても、俺はおそらく子供のように弄ばれて終わりだろう。

「おや、君たちは偵察かい？」

「……っ」

汗をぬぐいながら、秋本《あきもと》先輩が俺たちの目の前に現れる。

「どうだっただろう、私の試合は。まあ及第点といったところかな？」

彼女は俺たちというより、冬季《ふゆき》に向かって話しかけていた。

あれで及第点————秋本《あきもと》先輩はまだ全力を出しているわけではないということか。

下手したら、体格などの要因も相まって冬季《ふゆき》よりも動きの良さは上かもしれない。

「……行きましょう、ハル君、西野《にしの》君」

「む、もう行ってしまうのかな?」

「あなたの試合を見て確信しました。私があなたに負けることは、決してありません」

「何?」

「決勝リーグで、絶対にあなたを下します」

そう告げて去って行く冬季《ふゆき》の背中を慌てて追いかける。

「ふ、冬季《ふゆき》⁉　あの秋本《あきもと》先輩に負けることはないって……」

「そのままの意味です。私の目には、秋本《あきもと》先輩はまったく脅威には映りませんでした」

「……?」

「ハル君。時間帯的に私と先輩の試合は見られますよね」

「ああ、多分」

「じゃあ、期待しておいてください。カッコいいところ見せてあげますから」

こちらへ振り返って笑みを浮かべる彼女は、何だかいつも以上に頼もしく見えた。

■08：先輩と後輩

あれから俺たちのチームは、もう一試合を勝ち抜いた。

この時点で決勝リーグ進出は確定。

次の試合までしばらく時間が空くため、俺たちはこの間に休息を挟んでいた。

「ハルー、そろそろ移動した方がいいんじゃね？」

「ああ、そうだな」

体育館の隅で水分補給をしていた俺は、雅也《まさや》と共に移動を開始した。

そろそろ女子側の決勝リーグが始まる頃である。

向こうの方が試合時間が短い故に、男子よりも先に決勝リーグが行われることになっているのだ。

この時間割のおかげで男女がそれぞれ応援に行けるようになっており、本来は体力の差を考慮した仕組みだったものの、思わぬ形で助かっていた。

俺たちが向こうのコートの近くまで来ると、案の定もうすでにかなりの人混みが出来上がっている。

「おい！　東条《とうじょう》さんと生徒会長の試合だってよ！」

「マジ⁉　めっちゃ見てぇ！」

秋本《あきもと》先輩にも冬季《ふゆき》にも、男子のファンが山ほどいる。

数多《あまた》の男子がそんな人気者二人の戦いを見るために、女子のコートへと流れていった。

俺と雅也《まさや》もその流れに従って、女子のコートへと向かう。

そうしてたどり着いたコートは、他の場所と比べて明らかに熱気が違っていた。

もう試合のない決勝リーグに上がれなかった女子。

自分たちとの時間のずれを利用して見に来た男子。

誰もがコートの中央に並んでいる二人の超人を見に来ていた。

「さて、ここまであっさり事が運んでしまったね」

「そうですね。……分かっていたことではありますが」

「そうだね。何だかんだ言ったが、私たちがここで対面することは必然だった」

冬季《ふゆき》と秋本《あきもと》先輩、そして他のチームメイトたちが、審判の掛け声に応じて一礼する。

いよいよ、冬季《ふゆき》の生徒会加入がかかった大きな試合が始まるらしい。

最初のジャンプボール。

そこには秋本《あきもと》先輩の姿と、冬季《ふゆき》の姿があった。

身長の差は十センチ程度。

現状冬季《ふゆき》が勝てそうな要素は、一つもなかった。

「さあ、私たちの試合を始めるとしよう」

「……」

ホイッスルが鳴り響く。

それと同時に、審判がボールを高く放った。

宙を舞うバスケットボール。

次の瞬間、それは秋本《あきもと》先輩の手によって強く床に叩《たた》きつけられた。

「先制はもらうよ」

ぬるりと冬季《ふゆき》の脇を抜けた秋本《あきもと》先輩は、跳ねるボールを自分で拾ってゴールまで走る。

それを二人の女子が止めにかかるが、呆気《あっけ》なく抜かれてしまった。

こればかりは仕方がない。

勢いに乗った秋本《あきもと》先輩を止めることは、雅也《まさや》でも難しいらしいから。

「ふッ！」

綺麗《きれい》なレイアップ。

そしてボールはいともたやすくリングを通過し、秋本《あきもと》先輩のチームに二点が加わった。

「どうした東条《とうじょう》君！　早く君がこないとまた点が取られてしま――」

「東条《とうじょう》さん！」

ゴール後のボールを拾ったチームメイトが、冬季《ふゆき》に向かってすぐにパスを出す。

あまりにも速いリスタートに、まだ秋本《あきもと》先輩もセットにつけていない。

ボールは誰にも止められることなく中央に立っていた冬季《ふゆき》に渡り、彼女はそこから体をゴールへと向ける。

「ナイスですっ」

シュートだ――――。

そう思った時には、すでにボールは冬季《ふゆき》の手を離れていた。

彼女の手を離れたボールは綺麗《きれい》な弧を描き、そのまま滑らかにゴールへと吸い込まれる。

先制されてから、ほんのわずか数秒の出来事。

このゴールによって、スコアは三対二となった。

「ふふっ、やるじゃないか東条《とうじょう》君」

「川北《かわきた》さんナイスパス！」

「……？」

冬季《ふゆき》は自分にパスを出したチームメイトに向けて、そう声をかけた。

そしてすぐさまディフェンスへと移る。

秋本《あきもと》先輩のチームのリスタートは、ゆっくりと行われた。

ボールを持ったチームメイトが、秋本《あきもと》先輩にボールを渡す。

そして彼女は二、三度ボールを跳ねさせると、そのまま冬季《ふゆき》たちのディフェンス陣へと向かっていった。

「おいおい、無茶だろ……」

隣に立つ雅也《まさや》が、苦笑いを浮かべてそう呟《つぶや》く。

確かに、俺も無茶だと思う。

一人や二人を抜きに行くならともかく、まだ五人が前に残っている状態で突っ込んでいくのは自殺行為だ。

しかし、そんなことは天下の秋本紅葉《あきもともみじ》には関係ないらしい。

「はははははっ！」

秋本《あきもと》先輩は笑みを浮かべながら、強引に道を切り開いていく。

フィジカルが強すぎるのだ。

相手は素人《しろうと》とはいえ、決して不利な体勢にはならず、フェイントと腕力で的確に抜いていく。

一人、二人、三人、四人。

彼女らをあっという間に抜き去った秋本《あきもと》先輩は、ついに冬季《ふゆき》と一対一の状態になった。

「君に私が止められるかな⁉」

「……っ」

さすがは冬季《ふゆき》。

秋本《あきもと》先輩の動きに食らいつき、簡単には抜かれないように動いていた。

しかし、冬季《ふゆき》自身が言っていた。

自分にできることは、秋本《あきもと》先輩にもできると。

「この距離なら、私が外すことはないよ」

秋本《あきもと》先輩は冬季《ふゆき》から半身ズレると、ゴールに向けてボールを放つ。

するとそれは先ほどの冬季《ふゆき》のシュートと同じように、綺麗《きれい》にゴールへと吸い込まれた。

「む、2ポイントエリアに入ってしまっていたか」

彼女がシュートを放った位置は、かろうじてスリーポイントエリアではなかった。

しかし審判の見ていた角度によってはスリーポイントと言われてもおかしくないような、そんなギリギリの位置。

秋本《あきもと》先輩がスリーポイントシュートを狙っていた明確な証拠だった。

冬季《ふゆき》と対面しながら、自分が今立っている位置まで把握しながら動いている。

これでバスケが本業ではないというのだから、正直化物だとしか思えない。

「東条《とうじょう》さん！」

二度目のリスタート。

再びボールを持ったチームメイトが、冬季《ふゆき》へパスを出そうとする。

しかし――――。

「それはさっき見たよ」

驚異的な速度で駆けてきた秋本《あきもと》先輩によって、冬季《ふゆき》へのパスがカットされる。

まだ自陣に近い場所でボールを奪われたのは、かなりまずい。

自陣に近いということは、秋本《あきもと》先輩のシュート圏内ということだ。

「今度はちゃんとスリーポイントだ」

スパっと、ボールがゴールを潜る。

これで七対三。

まだ序盤とはいえ、今のところ冬季《ふゆき》が押されてしまっている。

「すみません、タイムください」

冬季《ふゆき》が審判にそう申請すると、試合のタイマーがストップした。

「ごめん！　東条《とうじょう》さん！」

「大丈夫です、落ち着いて。次はプランBで行きましょう」

「うんっ」

チームメイトに一息つかせた冬季《ふゆき》は、同時に何か指示を出しているように見えた。

そんな冬季《ふゆき》に対して、秋本《あきもと》先輩は何故《なぜ》か訝《いぶか》しげな視線を向けている。

「……東条《とうじょう》君、さっきから疑問だったんだが」

「？　何でしょう」

「どうしてチームメイトに指示を出しているんだ？　君が一人でボールを持って上がった方が

速いだろうに。そうすれば私と一騎打ちになるし、まさしく二人の勝負という形になると思う」

「……そういう形にしたいから、秋本《あきもと》先輩は一人で戦っているんですか？」

「うん。私はこのチームの中で一番バスケットボールが上手《うま》いからね。私が皆を引っ張っていくのは当然だろう？　私が点を取って私が全部守れば、皆が楽できる。適材適所っていうものさ」

秋本《あきもと》先輩は平然とそう言い放った。

彼女の使う適材適所という言葉は、どこか本来の意味とは違う気がする。

本来、すべてを一人で担《にな》えるわけがないのだ。

だけど秋本《あきもと》先輩にはそれができる。できてしまう。

だからボールは自然と秋本《あきもと》先輩が持つようになっているし、ディフェンスも、オフェンスも、全部彼女が一人でこなす。

そんな先輩のチームメイトは、コートの中で楽しげに談笑していた。

向こうのチームは、もはや秋本《あきもと》先輩の邪魔をしないことを作戦としているらしい。

「東条《とうじょう》君、君だって理解はしているはずだ。自分が他の人よりも圧倒的に優れていることを」

「……」

「私たちは謙遜することすら他人に失礼なくらい特別な存在だ。そんな私たちに普通に生きてきた彼女たちを付き合わせることこそ、酷なことを強いているとは思わないか？」

秋本《あきもと》先輩の言っていることは、多分間違っていない。

俺だって、少し前まで冬季《ふゆき》と共に生きることを恐れ多いと感じていた。

自分から彼女らについていこうとする者たちならともかく、そんなつもりもない者たちについてくるように言っても、上手《うま》くいくわけがない。

ただその考え方は、あまりにも寂しいものだった。

「……確かに、秋本《あきもと》先輩は間違っていません」

冬季《ふゆき》は、秋本《あきもと》先輩にそう言葉を返した。

しかし――――。

「――――と、中学生の私だったら同意していたでしょうね」

「え？」

冬季《ふゆき》が俺を一瞥《いちべつ》する。

そして何やら意味深な笑みを浮かべると、それをそのまま秋本《あきもと》先輩へと向けた。

「一人で何でもできてしまう私たちは、きっと皆からは超人だと思われているのでしょう。実際何度もそう言われましたし、慕われたこともあれば、嫌われたことも、恐れられたこともあります」

「……」

「……全部自分でできるのだから、全部自分でやってしまえ。確かに真理かもしれません。ですがそうやって生きていく人間は、いずれ孤独になります。そして皆からは化物なんて呼ばれるようになるかもしれませんね」

「それでも、私たちは化物としての使命をまっとうするべきではないのかな」

「――秋本《あきもと》先輩、この際だからはっきり言わせていただきます」

冬季《ふゆき》は何故《なぜ》か俺の方に歩み寄ってきて、突然腕を絡《から》めてきた。

混乱した俺に微笑《ほほえ》みかけた彼女は、絡《から》ませた腕に一層力を込める。

「私はハル君と普通に生きていけるのなら、持ち合わせた特別を全部捨てたっていい」

「っ！」

「化物だなんて呼ばれたくない。超人と呼ばれたって嬉《うれ》しくない。ノブレスオブリージュなんて知ったことではありません。自分の生き方くらい自分で決めます。そうやって選んだ生きる道で、たとえ自分のレベルを落として周りに合わせなければならなくなったとしても、私は係《かか》わりを持った人たちと普通に生きていきます」

冬季《ふゆき》のその言葉は、傍《はた》から聞いている俺に一番よく刺さっていたと思う。

「……そうか」

――残念だよ。

秋本《あきもと》先輩は目を伏せて、冬季《ふゆき》に背を向ける。

そうして間もなく、止まっていた試合が動き出した。

◇◆◇

——どうして。

「はぁ……はぁ……」

私は全力でボールを追いかける。

しかしあと一歩のところで、そのボールは銀髪の少女に奪われてしまった。

彼女の背中が遠ざかる。

どれだけ手を伸ばしても、もう届くことはない。

そして彼女——東条冬季《とうじょうふゆき》は、私の目の前でゴールを決めた。

「はぁ……はぁ……くっ」

汗が床に落ちる。

こんなに汗を流したことなど、一体いつぶりだろうか？

私が弄ばれている。

これまでずっと何でも一人でこなしてきたはずの私が、手も足も出なくなっていた。

二十九対十一。

それが今のスコア。

私のチームは、あれから二回しかゴールを決められていない。

――――チーム、という言い方は違うか。

私はあれから、東条《とうじょう》君のチームから二回しかゴールを奪えていない。

「秋本《あきもと》さん、大丈夫……？」

「あたしたちも動こうか？」

チームメイトが、そんな言葉をかけてくれた。

しかし、彼女たちは根本的に運動が苦手な子ばかり。

運動が得意な子たちは、皆もう一つの競技であるバレーボールの方へと行ってしまった。

だからこのバスケットボールは、私が勝たせてやらなければならない。

やりたくもないことをやらせるなんて、生徒会長として失格だから。

「大丈夫だっ、君たちはボールに触れなくても済む場所で、ゆっくり休んでいてくれ」

「でも……」

「大丈夫だからっ！」

私は強い語調でそう言い切って、ボールを受け取る。

試合時間は残り少ない。

しかし今からスリーポイントシュートを六本決めれば同点だ。
(何だ、簡単じゃないか……)
私ならできる。
私は普通の人には負けない。
負けるわけがない。
負けてはいけない。
(東条君《とうじょう》……君は私と同じだと思っていたのに……)
東条君《とうじょう》はチームメイトに指示を出して、私を囲い込もうとしている。
そんなことをする必要はないだろう。
君が私を止めに来れば、もっと勝負は単純なものになっていたはずなのに。
君なら、私の隣に立ってくれるはずだったのに。
(どうして……っ！)
私は目の前にあった人の壁を、無理やりこじ開ける。
ここまでは簡単なのに――。
「ドンピシャです」
「ッ!?」
手元からボールが消える。

私が力任せに突破した隙を狙って、毎回東条《とうじょう》君が私からボールを奪うのだ。
分かっているのに、反応できない。
しかし東条《とうじょう》君を警戒し過ぎれば、他の者に押し込まれてしまう。
〝私〟が通用しない。
初めてのこと過ぎて、どんどん思考に靄《もや》がかかっていく。
これが焦《あせ》り。
いたずらに体力が溶けていき、呼吸が苦しくなる。

私が――――〝秋本紅葉《あきもともみじ》〟が負ける？

『もみじちゃんと遊んでも楽しくなーい』
『もう全部もみじちゃんにやってもらえばよくない？』
『秋本《あきもと》がいると楽でいいよね、全部一人でやってくれるし』
『どうせできない人のこと馬鹿にしてるもんね』
『ねー、一々笑われるくらいなら、最初からやらない方がいいもん』

頭の中に、散々言われてきた言葉がフラッシュバックする。

皆がやりたくないと言うなら、わざわざやらせる必要はない。

全部自分でできるのだから、全部自分でやればいい。

私はできる人間なんだ。

他の人より優れているんだから、他の人より働かないといけないんだ。

だから私が前を走る。

皆が楽についてこれるように、私が地面を踏みしめて、歩きやすい道を作るのだ。

だから――――。


「待って……っ！」

「待ちませんッ！」

東条《とうじょう》君の背中が遠ざかる。

そうして私は、一人になった。

◇◆◇

三十四対十一。

終わってみれば、冬季《ふゆき》のチームの圧勝だった。

そして彼女は今、チームメイトとハイタッチを交わしている。

仲間との信頼関係、それを垣間見《かいまみ》るような光景だった。

昼休みの練習の成果と言っても過言ではないだろう。

「ハル君！　見てましたか⁉　私たち勝《い》ちましたよ！」

「ああ、見てたよ。格好良かった」

無意識か、はたまた意識したのか、それは分からない。

だけどこっちへ駆けてくる冬季《ふゆき》は、〝私たち〟と口にした。

クラスメイトにどこか冷めたような視線を送っていた彼女は、もうどこにもいない。

そこにいるのは、仲間と協力して勝利を掴《つか》み取《と》った、ただの一人の少女だった。

「────どうして」

俺の手を握って無邪気に喜ぶ彼女の下に、疲れ切った様子の秋本《あきもと》先輩が近づいてくる。

冬季《ふゆき》ははしゃぐのをやめると、そんな彼女に向き合った。

「一年前……初めて私と会った時の君からは、同じ匂いがした。だから私の立場を任せられると思って、声をかけたんだ。でも……」

「今はその匂いがしなくなった、ですか？」

「……」

秋本《あきもと》先輩が頷《うなず》く。

冬季《ふゆき》はため息を吐《つ》くと、彼女の方へと一歩歩み寄った。

「目を覚ましてください、秋本《あきもと》先輩」

「え？」

「私たちは確かに普通の人より優れているかもしれない。でも、所詮はただの人間です。本物の化物になんてなれやしないんです」

「……っ」

「人にできることには限界があります。心を落ち着けて、冷静に考えてください。私たちは決してプロのバスケットボールの選手でも何でもありません。ただの素人《しろうと》です。そんな素人《しろうと》が、複数人を相手にして勝てると思いますか？」

決して自分に問いかけられているわけではないが、俺は黙って首を横に振ってしまった。

素人《しろうと》が五人全員を一度に相手するなんて、冷静に考えて無理な話である。

しかしそれができてしまうから、秋本《あきもと》先輩は超人と言われていた。

ただ結局のところ、彼女の原動力は自分こそがもっとも優れた人間であるという思い込み。

その言い聞かせこそが、秋本紅葉《あきもともみじ》を超人たらしめていたのだ。

――――それを、冬季《ふゆき》が叩《たた》き壊《こわ》した。

「私はたった一度、あなたからボールを奪うことだけを考えていました。あなたに失敗のイメージを明確に植え付けるために……あなたに、自分がただの人間だって理解してもらうために」

「そんな……私は……」

「もう格好つける必要はありません。あなたも私も、たまに失敗して、何事も一人でやるには限界がある、ただの高校生なんです」

「うっ……」

秋本《あきもと》先輩が膝から崩れ落ちる。

彼女がどんな信念を持って生きてきたのかは、俺には分からない。

だけどここは、冬季《ふゆき》の言うことが正しいと思う。

人は一人じゃ生きられない。

言葉にすれば、それはえらく当然のことなのである。

周りからすれば、当たり前のことを大袈裟《おおげさ》に語っているだけに見えるかもしれない。

悲しいのは、それを教えてあげられる人間が、これまで秋本《あきもと》先輩の周りにはいなかったという事実だ。

「私をただの高校生に戻してくれたのは、他でもないハル君です。秋本《あきもと》先輩との勝負に躍起になっていた私を、ハル君は諭してくれました」

「あ……あの時か」

「はいっ！　あの時思ったんです。ずっと一人で戦おうとしてたなって」

「冬季《ふゆき》……」

「バスケットボールはチーム競技です。五人もいる敵チームに、一人で勝てるはずがありません。だから私はチームメイトに協力してもらうために、ちゃんと事情を話して、作戦を一緒に考えてもらいました」

　プランBとか言っていたのはそれか――。

「だから秋本《あきもと》先輩が一人で戦っているのを見た時、間違いなく勝てると思ったんです。勝ちを確信した理由は、それだけでした」

「そうか……そう、だね。確かに勝てるわけがなかった」

　秋本《あきもと》先輩は苦笑いを浮かべ、自分を戒める。

「先輩、もっと気を抜いて生きませんか？　ハル君がいなければ同じような生き方をしていた私が言うのもあれですが……あ、ハル君。ちょっと頭を低くしてもらえますか？」

「え？」

　突然話を振られ、俺は反射的に言われた通りにしてしまう。

　冬季《ふゆき》はそんな俺の頭を、人目も憚《はばか》らず撫《な》で始《はじ》めた。

　えっと、何だろう。すごく恥ずかしい。

「ほら、見てください！　ハル君なんてこうして生きているだけでこんなにも魅力的で素晴らしい存在なんですよ⁉」

「え？　あ、ああ……そう、かも？」

「自分がどうのとか、使命がどうのとか、最初からそんなに気負って生きていると、いずれ疲れて壊れてしまいます。人間は多分元々そんなに強くできていません。だから生きていればそれだけでえらい、すごい！　ってくらいの気持ちでいた方が、何だか前向きに日々を過ごせると思いませんか？」

生きているだけでえらい。

それは初めて冬季《ふゆき》と共に夜を過ごした時、彼女が俺に与えてくれた言葉だ。

あまりにも単純な言葉だけれど、俺はこれが最高の肯定の言葉だと思っている。

まあ、それはそれとして。

「冬季《ふゆき》……俺の頭を撫《な》でる意味はあったか？」

「あ、撫《な》でたのは私がこうしたかっただけです。しばらくハル君成分が枯渇《こかつ》していたので」

本当にあんまり関係なかった。

「……ははっ」

秋本《あきもと》先輩が、噴き出すように笑う。

彼女はそこから、まるでダムが決壊したかのように笑い続けた。

やがてその笑いの波もゆっくりと静まり、彼女は大きく息を吐く。

「完敗だ、東条君《とうじょう》。私の負け。約束通り……君を生徒会に誘うのは止めよう」

「はい。今後は普通の先輩後輩として付き合っていただけると嬉《うれ》しいです」

「うん……そうだな。清々《すがすが》しい顔で笑う二人。普通の先輩と後輩で」

顔を見合わせ、清々しい顔で笑う二人。

きっとこの二人は、いい友人になることだろう。

何の確証もないけれど、何となくそう思った。

「あれ？　つーかリーグ戦なんだし、最終的に秋本《あきもと》先輩の方が順位が高いなんてことは十分あり得んじゃやね？」

「「「……」」」

雅也《まさや》、空気読めよ。

俺も冬季《ふゆき》も秋本《あきもと》先輩も誰も声に出してはいないが、目がそう言っていた。

ここまで空気読んで黙っていたかと思えば、久しぶりの言葉がそれなのか。

初めて俺は、こいつの友達である自分が恥ずかしく思えた。

――という冗談はさておき。

「まあ、西野《にしの》君の言う通りですね。ここから連敗したりしたらそれこそ格好悪いですから」

「なるほど、まだ私も諦める必要はないということか。ならば全力を尽くそうかな」

結果として、二人の気は引き締まったようだ。

この先の試合は、俺と雅也《まさや》は見に行くことができない。

俺たちにも決勝リーグの試合があるし、おそらくこちらの方が試合時間が長いため、拘束時間も必然的に長くなる。

次に冬季《ふゆき》と会うのは、きっと閉会式の時だろう。

「じゃあ、また後で」

「はい、また後で」

俺と冬季《ふゆき》はそんな挨拶を交わし、それぞれの次の試合コートへと向かう。

「とりあえずこれでお前も一安心ってとこか？」

「ああ、何だかんだ秋本《あきもと》先輩とのわだかまりも解消できたみたいだしな」

「まさかあの天下の生徒会長が崩れ落ちるとはなぁ……っと、ちょっとションベン済ませてくるわ。先にコートの方で待っといてくれ」

「分かった」

一時的に雅也《まさや》と別れた俺は、その足で次に試合をする予定のコートへと向かう。

その道中、向こうから見知った顔が歩いてきていた。

「お疲れ様です、春幸《はるゆき》先輩」

彼女――――八雲《やくも》は、まるで最初から俺を待っていたかのような声色でそう挨拶してくる。

「ああ、お疲れ」

「先輩のクラスも順調に勝ち上がってるみたいですね！　さっき一試合だけ応援に行けたんですよ」

「見ててくれたのか」

「はいっ！　さすが春幸《はるゆき》先輩、コートの上でもかっこよかったです！」

八雲《やくも》は満面の笑みを浮かべて、俺を褒《ほ》め称《たた》えてくれる。

しかしその様子は、何だかいつもと違った気がした。

「八雲《やくも》、何かあったか？」

「え？　いえ、別に何もありませんよ」

「そうか……？」

気のせいだろうか。

いつもより落ち着いているというか、真《ま》っ直《す》ぐ芯が通っているように感じられたのだが。

「春幸《はるゆき》先輩。先輩は、東条《とうじょう》先輩のどんなところが好きなんですか？」

「え⁉　いきなり何だよ……」

「えへへ……ちょっと気になってしまったもので」

八雲《やくも》は申し訳なさそうに頬を掻《か》く。

益々《ますます》珍しい言動だ。

彼女がこれまでこんなに踏み込んできたことがあっただろうか？

「……うーん、そうだな。一緒にいて安心できるところ、かな？」

「安心ですか」

「ああ。恋人に甘えっきりっていうのはやっぱりよくないと思うけど、冬季《ふゆき》はそれを推奨してくる人でさ。それが俺自身を全部受け入れてくれているみたいで、安心するんだ」

自分が否定されない場所というのは、本当に貴重だ。

冬季《ふゆき》に受け入れてもらえると、俺は生きてていいんだって思える。

否定というのは、何かを殺すことだと思うのだ。

その人の考えを、その人の生き方を、その人の魂を、その人自体を。

ずっと形のない何者かに否定され続けているように感じていた俺にとって、冬季《ふゆき》は俺を生かしてくれた恩人なのである。

「冬季《ふゆき》がいたから、俺はこうして元気に生きている。彼女を好きになった理由なんて、それくらいかな」

好きなところを挙げれば切りがない。

きっと八雲《やくも》が飽きてどこかへ行ってしまうまで語り続けられる自信がある。

だけど大きなきっかけだけに絞るのなら、今の俺を作ってくれたことが一番の理由だった。

「────って感じなんだけど、満足してもらえたか？」

「……はい、ありがとうございます」

八雲《やくも》が俺の横を通り過ぎる。

その姿を目で追うと、彼女は振り返って俺に頭を下げた。

「その話を聞けて安心しましたっ！　あたし、ちょっと全力でぶつかってきます！」

「え？　あ、ああ……」

八雲《やくも》が走っていく。

最後の言葉は、一体どういう意味なのだろう。

けど何はともあれ、彼女の元気な姿はこっちまで元気にしてくれる。

この先に待ち構えている試合に対して、俺は気合を入れ直した。

■09：後輩と先輩

春幸《はるゆき》先輩と別れたあたしは、クラスメイトの待つコートへと駆けだした。

決勝リーグでのあたしたちの次の対戦相手は、あの東条《とうじょう》先輩のいるクラス。

あたしはあの人に、一方的に因縁を感じている。

「秋本《あきもと》先輩を倒したと思えば、次はあなたですか……」

「ええ、そうみたいですね。よろしくお願いします、東条《とうじょう》先輩」

「……ハル君はあなたのことをすごく可愛《かわい》がっているみたいですが、私からしたら全然可愛《かわい》くないですよ」

「あ、面と向かってそういうこと言うんだ……！」

「今更あなた相手に遠慮することもないでしょう」

東条《とうじょう》先輩はそう告げてからため息を吐《つ》く。

悔しいけど、少し嬉《うれ》しい。

どういう形であれ、あの東条冬季《とうじょうふゆき》に認められている部分がある。

なるほど、春幸《はるゆき》先輩の言っていることが少しは分かった気がした。

でも――――。

「……先輩だけには、絶対に負けませんから」

「奇遇ですね。私もあなたにだけは、個人的な理由で負けたくありません」

試合が始まる。

ジャンプボールで攻める権利を奪い取ったあたしのチームは一気に敵陣地に切り込んだ。

目の前には、思ったよりも統率の取れたディフェンスが待ち構えている。

(東条《とうじょう》先輩のワンマンチームだと思ってたのに……意外と周りも使ってくるのか)

強引に抜ければ、後ろで待ち構えている東条《とうじょう》先輩にボールを奪われてしまうだろう。

そう判断したあたしたちは、深く切り込んでいく足を一旦止めて、浅めでパスを回し合った。

東条《とうじょう》先輩のチームはほとんど素人《しろうと》。

エンジョイ勢のバスケ部でも、それくらいは分かる。

だからこれはきっと東条《とうじょう》先輩の指示なんだろう。

皆迂闊《うかつ》にボールを奪いに来ない。

おそらく先輩からの指示が出るまで、無理には奪いに来ない戦法を徹底しているのだ。

こっちのチームも状況としては変わらない。

経験者はあたしともう一人。あとは皆初心者だ。

だからあたしかもう一人が指示を出して動いてもらうようにしているし、指示を受ける側の三人も勝利に貢献したいと思ってくれているから、迂闊《うかつ》に動くようなことはしない。

幸いなことに、男子と違って女子は中学の時点で背丈が決まる人も多いから、体格の面で大きな差はない。

強引に奪われることは心配しなくてもいいだろう。

(とはいえ……さっさと攻めなくちゃね)

ちんたらやっていても埒《らち》が明かない。

向こうが飛び込んでこないなら、時には強引さも必要だ。

「行くよ！」

あたしが声を張り上げれば、皆はそれに従って前に進んでくれる。

パスを出してボールを一度手放してから、あたしも敵陣の中へと飛び込んだ。

「行かせませんよ」

「っ！」

あたしに対して、東条《とうじょう》先輩がマークにつく。

これでいい。これを望んでいた。

向こうの最高戦力はどう足掻《あが》いても東条《とうじょう》先輩であることに変わりはない。

だからあたしが、先輩につく。

あたしと東条《とうじょう》先輩がお互いにマークし合うこの状況が作れれば、あたしのチームのもう一人のバスケ経験者が仲間と共に何とかしてくれるはずだから。

「ふっ……！」

チームメイトが放った綺麗《きれい》なシュートは、見事ゴールへと吸い込まれた。

好調な滑り出し。

皆はここで油断せず自陣へと引いていく。

だけどあたしだけは、まだ東条《とうじょう》先輩のマークについたままだった。

「……なるほど、あなたが私を徹底的に潰すつもりですね」

「はい。あたしが先輩を食い止め続ければ、あたしたち以外の戦力差で勝てるはずですから」

ボールは持っていないけど、これはあたしと先輩の一騎打ちだ。

こっちは手が多い分だいぶ有利であるはず。

何ならあたしは、試合終了までこのままでいい。

これで先輩に勝てるのなら、何でもいい。

そして案の定、東条《とうじょう》先輩が封じられた敵チームはパスを出せる相手がいなくておろおろし始めた。

今なら簡単に奪える――――。

「……仕方ありませんね」

そう呟《つぶや》いた東条《とうじょう》先輩が、ため息を吐《つ》く。

何か仕掛けてくる、そう予感したあたしは、さらに拘束力を強めるために集中した。

「実はハル君って、お尻に二つ並んだほくろがあるんですよね」

「……へ？」

一瞬、頭が真っ白になった。

耳から入ってきた情報が、脳で上手《うま》く処理できない。

えっと、何だっけ。

春幸《はるゆき》先輩のお尻に二つ並んだほくろがある？

「めちゃくちゃ可愛《かわい》――――ハッ⁉」

気づけば、目の前から東条《とうじょう》先輩が消えていた。

「何やってんの世良《せら》！」

「しまったぁぁああ！」

やっちゃった。やってしまった。

春幸《はるゆき》先輩情報を脳に焼き付けるために意識を割いてしまった。

あたしは東条《とうじょう》先輩を必死に追いかけるが、時すでに遅し。

仲間からのパスを受け取った東条《とうじょう》先輩は、そのままゴールを決めてしまった。

こんなんじゃ駄目だ。

意識をしっかり持って、八雲世良《やくもせら》。

春幸《はるゆき》先輩の情報は確かにほしいけれど、喉から手が出るほどほしいけれど、最悪お金を払ってでもほしいけれど！

今は試合に勝たないといけないんだ！

「ハル君って、しっかりしているように見えて実は頭を撫《な》でられるのが好きなんですよね。撫《な》でるといつも目を細めて気持ちよさそうにしてくれるんです。それがワンちゃんみたいで可愛《かわい》いんですよ」

「うっ！」

「ハル君は魚の骨が苦手で、焼き魚を食べる時はいつも丁寧に小骨を全部取ってから食べるんです。箸をピンセットみたいにつかってチマチマと」

「はうっ⁉」

「微糖のコーヒーばかりでブラックコーヒーをあまり好んで飲まないのは、小さい頃にコーラと間違えてアイスコーヒーを一気飲みしてしまったからだそうです。それが今でも少しトラウマになっているみたいですね」

「かはっ！」

「長い時間寝た後のハル君はしばらく寝ぼけているので、その間に何か質問するとすごく素直な返答をもらえるんです。私のことを好きですか？　って問いかけると、『うん、好き』って返してくれたり……」

「あぅ！」

「たまに私がおやつにフレンチトーストを作ると、ハル君はすごく喜んでくれます。元々たまご料理が好きだからでしょうね。口の周りにホイップクリームをつけた彼は、国宝級に可愛《かわい》いです」

「うぐっ」

「初めて知ったことは、何でも私に報告してくれます。最近だとキュウリが世界一栄養のない野菜としてギネス認定されていることを知って、私に教えてくれました。まあ、正確にはキュウリは世界一ローカロリーな野菜として認定されているだけで、栄養がないわけではないのですが」

「ぐっ……」

「寝る時は必ず私の顔を見ておやすみって言ってくれます。その姿が何だかとても愛おしくて、ついついハル君の寝顔を長い時間見てしまうんですよね。ですが不思議と体が休まっているようで、まったく寝不足にはなりません」

「……」

東条《とうじょう》先輩の口から放たれる春幸《はるゆき》先輩の情報が、あたしの脳を焦がす。

そうしてあたしが抜かれる度に試合の点数差は広がり、すでにこちらのチームはピンチに陥っていた。

「世良《せら》！　あんたさっきから何してるの⁉」

「ごめん……！」

「しっかりして！　キャプテンでしょ！」

そうだ、あたしは今このチームを率いるキャプテンなんだ。

あたしは自分の頬を叩《たた》き、気合を入れ直そうとする。

だけど心の片隅が、どうしてもズクズクと痛みを訴えていた。

改めて、仲間からボールを受け取った東条《とうじょう》先輩と向かい合う。

先輩は酷《ひど》く揺さぶられているあたしを見て、とどめの揺さぶりを図ってきた。

「八雲《やくも》さん、私とハル君は、今同棲《どうせい》しています」

「――――いやさすがに気づくわッ！」

「あっ」

勢い任せに、東条《とうじょう》先輩の手からボールを弾く。

初めてボールを奪ったのがまさかこんなシーンとは――――。

「……失敗しちゃいましたか」

「はぁ……はぁ……」

ボールが転々と転がり、コートの外へ出る。

相手チームからのスローイン。

あたしはそれが行われる前に、東条《とうじょう》先輩を睨《にら》みつけた。

「これだけプライベートの話をされたら、さすがに気づきますよ」

「……そうですか」

「いつからですか？」

「一ヵ月ほど前からですね」

一ヵ月、それはちょうど先輩がバイトを休み始めた期間と一致する。

そうか、もうあの時から――――。

「どうして教えてくれたんですか？　隠していたんじゃないんですか？」

「隠していましたよ。変に騒ぎになってもハル君に迷惑ですから。……でもあなただけには伝えておこうと思いまして」

「揺さぶるために？」

「いえ……いずれどこかで伝えなければならないと思ったからです」

東条《とうじょう》先輩はあたしたち抜きで戦う試合の様子を眺めながら、そう言葉をこぼした。

「私が八雲《やくも》さんなら、納得できる敗北がほしいと思いまして」

「っ……」

この人は本当に凄《すご》い。

あたしの思っていることなんて、全部お見通しなんだろう。

あたしは。

あたしは――――。

「あたしは……！　春幸《はるゆき》先輩が好きでした……っ！　大好きでした！　でも、東条《とうじょう》先輩と一緒に歩いているところを見て……勝てないって思った」

春幸《はるゆき》先輩と過ごした一ヵ月弱。

人によっては、あまりにも短い時間だと笑うかもしれない。

でも、あたしにとってはかけがえのない春幸《はるゆき》先輩との時間だった。

「先輩に必要だったのは……あたしじゃなかった」

「……」

あたしは春幸《はるゆき》先輩を頼れる先輩として好きになり、甘えていた。

だけど先輩は、ずっと苦しんでいた。

甘えられる相手を、頼れる相手を探していたんだ。

その相手はあたしじゃない。

あたしであってはいけない。

「────っ！　そんなことは分かってる！　でも、だからって諦めきれない！」

「……そうでしょうね」

あたしの言葉を受けて、東条《とうじょう》先輩は後ろに一歩下がる。

すると偶然か、それとも必然か。

東条《とうじょう》先輩の下に、ピンポイントでボールが飛んできた。

「東条《とうじょう》さん！　お願い！」

「世良《せら》！　止めて！」

仲間からの懇願。

しかし、あたしの耳にその声はほとんど届いていなかった。

「奪ってみますか、八雲《やくも》さん」

東条《とうじょう》先輩がボールを床につく。

奪う――――。

その言葉は、決してボールに限った話ではないと感じた。

「奪ってみせます……ッ！　先輩から！」

あたしは仕掛けた。

もう試合のことなんて関係ない。

ここであたしは、東条冬季《とうじょうふゆき》に勝つ。

勝ったら――――あたしも春幸《はるゆき》先輩と――――。

「……あれ？」

視界が滲《にじ》んで、ぼやける。

春幸《はるゆき》先輩と歩く未来が見えなくなる。

何もかも、見えなくなる。

最初から、そんな未来なんてなかったかのように。

「――――私の勝ちです」

東条《とうじょう》先輩の背中が遠ざかる。

あたしはそれを追うことができなかった。

ああ……よかった。

そんな言葉が漏れてしまうくらいには、心の底から安心していた。

この人に負けるなら、納得できる。

これで純粋に、ただの先輩後輩として春幸《はるゆき》先輩と接することができるようになる。

春幸《はるゆき》先輩を、困らせずに済む。

ボールがゴールに吸い込まれた。

そして間もなく、試合終了の笛が鳴り響く。

あたしの視界をぼやけさせた涙は、その頃にはもう、乾いてしまっていた。

◇◆◇

球技大会は、あっさりと閉幕した。

女子バスケの部の優勝は、リーグ戦で四勝一敗という成績を収めた冬季《ふゆき》のチーム。

つまりは俺たちのクラスが、バスケとバレーを合わせて全部で四つある優勝枠の一つを手に入れたということになる。

男子バスケの部を担当していた俺たちも、一応リーグ戦で五勝一敗という成績を収めることはできた。

しかし優勝は、現役バスケ部レギュラーがいる三年生のチーム。

かなり惜しい点差まで食い下がったものの、四試合やった後の最後の試合だったということもあり、こっちが体力負けをしてしまったのだ。

結局そのチームが全勝で優勝を摑《つか》み、俺たちは二位という結果で大会を終えた。

バレーの方は予選で負けてしまったらしいが、まあ総合的に見て悪い結果ではなかっただろう。

「先輩！」

体育館から出て行く際、一年生の集まりの方から八雲《やくも》が駆けてきた。

彼女は俺の前で足を止めると、いつも通りの笑みを浮かべる。

「お疲れ、八雲《やくも》。俺に何か用か？」

「ああ、いえ……ちょっと先輩の顔が見たかっただけです」

「……」

そう言いながら、八雲《やくも》は俺の顔をジッと見つめてきた。

これだけ真《ま》っ直《す》ぐ見つめられると、何だかこそばゆいというか、むず痒《がゆ》いというか、ちょっとだけ居心地が悪い。

「――うん、大丈夫そうですっ」

「？　何の話だ……？」

「ふふっ、これは先輩にも教えられませんっ」

彼女は俺から少し距離を取る。

八雲《やくも》は、終始笑顔だった。

笑顔、だったのだが。

「これからも仲良くしてくださいね、春幸《はるゆき》先輩」

「……ああ、こちらこそ」

「はいっ！　じゃあまた！」

手を振って、八雲《やくも》は去っていく。

「……」

俺は足を止めて、その背中が見えなくなるまで眺めていた。

八雲《やくも》の笑顔が、やっぱりどこか寂しそうに見えて。

今追いかけて声をかければ、その寂しさを解消してやることができるかもしれない。

だけど、何となくそうするべきではないと思った。

これがただの先輩後輩としての、正しい距離感なのかもしれない。

「ハル君、どうしたんですか？　こんなところで立ち止まって」

「……冬季《ふゆき》」

肩を叩《たた》かれて振り返れば、そこには冬季《ふゆき》が立っていた。

「すみません、ちょっと秋本《あきもと》先輩に捕まってて……」

「え、大丈夫だったのか？」

「はい、今度普通にどこか遊びに行かないかって誘われただけです。もう生徒会には誘わないって約束してもらえましたし、とりあえずはオーケーしてきました」

「そっか」

概《おおむ》ね予想通り、冬季《ふゆき》と秋本《あきもと》先輩はいい関係に収まりそうだ。

秋本《あきもと》先輩の思考を読めない以上この先別の恐ろしい提案をしてくる可能性も否《いな》めないけれど、まあ、その時はその時ということで。

今は一つの大きなイベントを乗り越えた達成感に浸っておこう。

――俺は何もしていないけれど。


「……ハル君」

「ん？」

「私との約束、覚えてますか？」

「……先輩に勝ったら、デートするって話か」

「はい、それです」

「もちろん覚えてるよ。丸一日、冬季《ふゆき》のデートプランに従えばいいんだろ？」

その冬季《ふゆき》のデートプランというのがまったく分からないため少し怖くはあるのだが、結局彼女と一緒にいる時間はいつだって楽しいはずだ。

だからご褒美《ほうび》と言いつつ、何もしていない俺すらもそれにあやかる形になるのだろう。

「私のやりたいことに付き合わせてしまう形になると思うんですけど……ちゃんとついてきてくださいね？」

「あ、ああ……分かった」

耳元に意地悪な声音でそう告げられ、思わず身震いする。

もしかしたら、俺が頑張るのはこの先なのかもしれない――。

■10：夕陽《ゆうひ》に溶ける

冬季《ふゆき》とのデート当日。

彼女と共に選んだ少しお洒落《しゃれ》な私服に身を包んだ俺は、どういうわけだか一人で駅前に立っていた。

『家から一緒に出て行くのではなく、待ち合わせからスタートしてみたいんです！』

それが冬季《ふゆき》からの最初の要求。

故に俺は先に家を出て、駅前へと移動した。

(妙に緊張するな……)

待ち合わせの時間は、午前十時。

現在時刻はまだ九時五十分であり、それなりに余裕がある。

しかしその一分一分が妙に長く感じられた。

視界に入ってくるすべての情報が俺にこれからデートをするんだという自覚をもたらし、それ故に足元がソワソワする。

「ハル君！　お待たせしました！」

突然後ろからそんな声がして、俺は振り返る。

そこにいたのは、普段より少しカジュアルな格好をした冬季《ふゆき》だった。

髪の毛は球技大会の時と同じように後ろで一つにまとまっており、上は肩出しの服に下はショートパンツ。

清楚《せいそ》なワンピースなどを好んで着ていた彼女にしては、珍しい服装と言えた。

「どうでしょう？　夏も近いことですし、ちょっと開放的にしてみたのですが」

「あ、ああ、すごく似合ってる。球技大会の時は褒め時を逃したけど、その一つ結びの髪型もかなり可愛《かわい》いと思う」

「ふふっ、ありがとうございます。ハル君も、いつも通りカッコいいですよ」

「……ありがとう」

お互いに褒め合って、お互いに照れ合う。

こんな小っ恥ずかしいやり取りも、冬季《ふゆき》とできるなら幸せだ。

「さて、じゃあ早速行きましょう！　今日はかなり忙しくなりそうなので！」

「ああ、まずはどこに行くんだ？」

「それは着くまでのお楽しみですっ。まずは電車で移動しましょう」

今日は日野《ひの》さんの車も頼らない。

移動は基本自分の足か公共の乗り物に限定し、彼女は遠くから同じ交通手段でついてくることになっている。

――電車に揺られること一時間弱。

冬季《ふゆき》に言われるがまま降りたことのない駅に降り立った俺は、駅の目の前に広がっていた光景に驚きを隠せなかった。

「冬季《ふゆき》……これって……」

「ふふっ、驚いていただけたようで何よりです。今日驚いてもらうために、ずっと黙ってたんですよ？」

そこにあったのは、テーマパークの入口だった。

門の先に見えるのは、巨大な観覧車やジェットコースター。

いわゆる遊園地と呼ばれる場所には必ずと言っていいほど存在する施設たちが、綺麗《きれい》に並び建っている。

「ここは、お父様の会社が作り上げた新しいテーマパークなんです。ファンタジー世界をイメージしていて、色々なアトラクションの他に水族館や巨大なショッピングモールを併設する予定なんですよ」

「さすがの規模だな……」

「オープンは一月後なのですが、今日は特別に私とハル君のために開けてもらっちゃいました」

そう言ってお茶目な笑みを浮かべる冬季《ふゆき》。

対する俺はといえば、あまりの規模に思考が追いつかず、口を開けてぽかんとしていた。

「アトラクションなどはもちろんすでに安全が確認されているので、ちゃんと楽しめるようになっています。今日は全部が全部貸し切り状態なので、遠慮なく楽しんじゃいましょう！」

「お、おー……」

いまだに思考が追いついていない俺を引っ張るようにして、冬季《ふゆき》は入場ゲートにまで案内してくれる。

そして顔パスでゲートを通過し、俺たちは閑散としたパークの中へと足を踏み入れた。

普通テーマパークには大勢の人がいるものだし、こうして自分たち以外に誰もいない状況を目にすると、妙な違和感がある。

ある意味何だか悪いことをしている気分だ。

「絶叫系は、体力があるうちに行きましょうか。後半に残しておくと辛《つら》いですよね」

「大丈夫かな……俺、絶叫系はあまり乗ったことがないんだけど」

生前の両親に遊園地には何度か遊びに連れていってもらってはいるものの、だいぶ幼い頃だったしそもそも背が足りずに絶叫系には乗れなかった。

だから今日乗るとしたら、ほんとのほんとに初体験になる。

「ここの絶叫系は絶叫を謳《うた》っている遊園地のものと比べれば多少マイルドな造りですし、一回は試してみましょうか。もしそれで駄目だって思ったら、そういうのは避けていく遊び方にしましょう」

「分かった」

ありがたい配慮だ。

とりあえずは乗ってみよう。

もしかしたら物凄《ものすご》くハマる可能性だってあるのだから――。


「うおぉぉぉぉぉぉおお！」

「きゃぁぁぁぁああ！」

絶叫系と呼ばれている高低差の激しいジェットコースター。

俺と冬季《ふゆき》はそれに乗りながら、言葉の通り絶叫を上げていた。

右に、左に。

強烈な遠心力を感じながら、俺たちの乗っているライドと呼ばれる乗り物は進んでいく。

時に上がり、大きく下がり。

ほぼ真っ逆さまと言ってもいいレベルの角度で落ちた後、一気に左に曲がり、俺の視界はぐわんぐわんと動き続けた。

そうしてやがて出発地点に戻ってきた俺は、ホームに降り立って足元の感触を確かめる。

頭が少しくらくらして、平衡感覚を軽く失いかけていた。

とても人が乗る物だとは思えない暴れっぷり——しかし。

「楽しかったぁ……」

叫ぶことの気持ちよさ。

風を痛いと感じるほどの速度で動き回る疾走感。

それらすべてが醸《かも》し出《だ》す非日常感が、俺の心を躍らせていた。

「お気に召したようで何よりですっ！　もう一度乗りますか？」

「いいのか？」

「もちろん。何を隠そう、私も絶叫系は大好きでして……思いっきり叫びながら乗ると、気持ちが凄《すご》く上がるんですよね」

「ああ、よく分かるよ」

二人してもう一度ライドに乗り込み、再出発する。

再び感じる疾走感。

喉が嗄《か》れる寸前まで声を張り上げた俺たちは、それからもう一度だけ乗り、ようやくジェットコースター乗り場を後にした。

「……あんなに楽しいものだったんだな、ジェットコースターって」

「雇った設計士さんの作り方が上手《うま》かったというのもありますが、ハル君にはだいぶ適性があったみたいですね」

「ああ、何度乗ってもワクワクできそうだ」

いきなりハードな乗り物だなぁとは思ってはいたが、これは大正解だったかもしれない。

後で時間を見てもう一度乗ろう。

「初っ端《しょぱな》で少し飛ばしてしまったので、ちょっと休憩がてら園内を散歩しましょうか。もちろん乗ってみたいアトラクションがあれば好きに乗れるようにしてもらっているので、気軽に要求してくださいね？」

「贅沢《ぜいたく》だな、ほんとに」

「ふふっ、これをいずれハル君の当たり前にして差し上げます」

「それはちょっといいかな……」

二人で談笑を楽しみながら、園内を闊歩《かっぽ》する。

どこもかしこも新しい園内は、見ているだけでもだいぶ心がくすぐられた。

しかしどこへ行ってもいいと言われると、逆に迷ってしまう。

結局俺は、次も冬季《ふゆき》のおすすめアトラクションに乗ることになった。

「こっちはウォーターコースターですね。いわゆる池に飛び込んだりするジェットコースターのことで、基本的に雨合羽を羽織って乗ることになります」

「へぇ、これからの季節にぴったりだな」

「ですね。冬はまあちょっと寒いんですけど……」

それは確かに。

俺と冬季《ふゆき》はまた揃《そろ》って乗り場まで移動し、ライドに乗り込む。

ここで俺は、あることに気づいた。

「……あれ？　雨合羽は？」

「ふふっ、今日は気温も高めですし、思いっきり濡《ぬ》れるのもありかと。最悪近くにお土産屋さんがあるので、Tシャツくらいなら確保できますから」

「……なるほど、悪い子だな」

「ふふっ、ごめんなさい」

普段の俺なら止めていたかもしれないが、今日の俺は特にテンションが高い。

スマホや財布だけは濡《ぬ》れないように保護袋に入れつつ、俺たちは雨合羽を着ることもせずホームを出発した。

先ほど乗ったジェットコースターより、明らかに最高到達点が低い。

しかし、一気にレールを駆け下りたライドは、そのまま巨大なプールの中へと突っ込んだ。

激しい音と共に跳ね上がる水飛沫《みずしぶき》。

それらは一斉に俺たちに襲い掛かり、衣服をびちゃびちゃに濡《ぬ》らした。

「ふふふっ、本当にびしょびしょになっちゃいましたねっ」

「ああ、でも気持ちいいな」

濡《ぬ》れた衣服は重く、多少の気持ち悪さはあるものの、気分はとても高揚していた。

やってはいけないことをやる背徳感と言えばいいのだろうか。

この快感は、あまり癖になってはいけない気がした。

「どうします？　Tシャツだけでも替えましょうか？」

「そうだなぁ……」

ウォーターコースターから離れて、俺は改めて自分と冬季《ふゆき》の格好を見る。

俺の方はまだいい。

しかし冬季《ふゆき》の白い衣服は透けてしまっており、中の肌着が見えてしまっていた。

肩出しの服であるため下着に関しては工夫がされているようだが、冬季《ふゆき》の美貌の場合、肌着だけでもかなりの破壊力がある。

この格好の冬季《ふゆき》と服が乾くまで一緒に歩くのは、色んな意味で大変だ。

「あー、着替えようか。風邪ひいても困るし」

「そうですね。じゃあこういうスケスケの格好は、家で改めて見せて差し上げますね」

「……見てるのがバレたか」

「ハル君の熱い視線が感じられて、私としては嬉《うれ》しかったです」

ニヤニヤと指摘されたことで、俺の中の羞恥心が盛り上がる。

心なしか早歩きでお土産屋まで移動した俺は、動揺を隠すように店内を歩き回った。

「待ってくださいハル君！　一緒に選びましょうよ！」

「もうからかわないか？」

「えー、それはどうでしょう」

相変わらずの悪戯《いたずら》っぽい笑顔を見て、俺はため息を吐《つ》く。

結局俺は冬季《ふゆき》には敵《かな》わないのだ。

大人しく降参して、彼女と手を繋《つな》ぐ。

「分かった、一緒に見て選ぼう」

「……突然手を握るのは、ちょっと反則です」

少し照れたように頬を赤くした冬季《ふゆき》を見て、俺も頬を熱くする。

園内には俺たちのために最低限のスタッフさんがいてくれているのだが、本当に最低限で良かったと思った。

こんなにも可愛《かわい》い冬季《ふゆき》の顔は、できる限り独り占めしておきたい。

結局お揃《そろ》いのTシャツを購入した俺たちは、その場で着替えて再び園内の散策に戻った。

着ていた服はその辺りのベンチに干させてもらい、帰りに回収する手筈《てはず》になっている。

こんなことができるのも、このテーマパークがオープン前だからだ。

「ふふっ、こんなに広い世界を二人占め……幸せですねっ」

「冬季《ふゆき》でもそう感じるのか。てっきり慣れてるものかと思ったよ」

「まあ、貸切ろうと思えばテーマパークの一つくらい可能かもしれませんが、ハル君と一緒にっていうのが大事なんですよ。私一人でここにいたって、何も楽しくありませんから」

握ったままの冬季《ふゆき》の手に、力がこもる。

確かに、こんな広い空間も一人で歩いていたら持て余してしまうか。

最初は楽しめるかもしれないけれど、やがて寂しさの方が強くなる。そんな気がする。

「大好きな人と二人きりの世界を楽しむ……私が生きてきた中で、多分今が一番幸せです」

「……俺もだ」

これまでお互い、何度も愛を囁《ささや》き合《あ》った。

しかしこの場での愛情表現は、普段とはまったく違う。

俺たちは色々な過程をすっ飛ばしていた。

出会って初日から同棲《どうせい》を始め、恋人としての階段を何段も飛ばして駆け上がった。

だからこその原点回帰。

突如として初心に戻されたことで、色んなやり取りが新鮮味を帯びてしまったのだ。

「ゆっくり歩きましょうね、ハル君。時間はまだまだたっぷりあるんですから」

「ああ、そうだな」

優しく手を握り合い、歩いていく。

湿った髪の感触も、真新しい服の擦れる感覚も、何も気にならなかった。

俺の意識は、すべて冬季《ふゆき》へと注がれていたから――――。


「ひゃぁぁアアア⁉」

冬季《ふゆき》の絶叫が響き渡る。

ジェットコースターの時とは違う、本気で怖がっている悲鳴。

薄暗い館内に浮かび上がった人魂《ひとだま》のような光は、冬季《ふゆき》のリアクションに満足したかのようにゆっくりと消えていった。

「ははははははハル君⁉　人魂《ひとだま》が！　人魂《ひとだま》がっ！」

「もう消えたよ」

「ほ、本当ですか⁉」

「ほら、いないだろ？」

「あ、ああ……よかった」

俺の隣で、冬季《ふゆき》は胸を撫《な》でおろした。

ここは園内にあるお化《ば》け屋敷《やしき》アトラクション、通称〝死霊《しりょう》の館《やかた》〟。

古今東西あらゆる幽霊や化物をごちゃまぜにしたお化《ば》け屋敷《やしき》らしく、さっきからゾンビが出てきたり頭に三角の布をつけた幽霊が出てきたり、それこそ人魂《ひとだま》が出てきたり、もう世界観はめちゃくちゃ。

だけど雰囲気とタイミングが絶妙で、少しでも気を抜くと腰を抜かしそうになる。

「冬季《ふゆき》ってホラー駄目だったんだな……」

「ううっ……実体のないものが苦手なんです……触れることさえできればどうとでもなるので怖くないんですけど……」

「基準がちょっと野蛮だな……」

呆《あき》れつつも、施設の中を進んでいく。

ここはほとんどホログラムや機械で演出している施設らしく、直接人が脅《おど》かしてくるようなことはない。

実害がなければ基本大丈夫という精神を持つ俺は、幸いそこまで怯《おび》えずに進むことができている。

それと――――。

「ひゃう⁉」

ちょうど首の辺りに霧吹きのような水が噴射され、冬季《ふゆき》の体が跳ねた。

その際、彼女は俺の腕を抱きかかえるようにして密着してくる。

これが極めてよくない。

俺の腕は彼女の豊かな胸に埋まることとなり、半袖のTシャツを着ていることも相まって、布のない部分に柔らかさがダイレクトで伝わるのだ。

この状態では、むしろ驚けと言われる方が難しい。

結局恐怖よりも煩悩《ぼんのう》を押し殺すことに必死になりながら、俺はお化《ば》け屋敷《やしき》を歩き切った。

「はぁ……本当に怖かったです……」

「ああ……そうだな……」

お互い別々の理由でげっそりしながら、外のベンチに座って休憩を取る。

売店で買った飲み物をそれぞれ飲みつつ、冬季《ふゆき》は園内マップを膝の上に広げた。

「えっと……次はどこに行きましょうか」

「一旦激しいやつは控えないか？　ちょっと体と心が持ちそうにない」

「そうですね、私も一旦優しいアトラクションを挟みたいところなんですけど……」

指でマップをなぞりつつ、目ぼしい場所を探す冬季《ふゆき》。

そして最終的に、その指は園内にある大型レストランに止まった。

「そろそろお昼時ですし、ご飯にしましょうか。とはいえ、さすがに今日は従業員も少ないのでレストランは開いてないんですけど……」

「まあ仕方ないよな」

「ですが代わりに私がお弁当を作ってきました！」

冬季《ふゆき》がスマホでどこかに連絡を入れる。

すると突然俺たちの座るベンチの背後から、ジャリと地面を踏む音がした。

「冬季《ふゆき》様、お持ちいたしました」

「ありがとうございます、朝陽《あさひ》」

どこからともなく現れた日野《ひの》さんは、冬季《ふゆき》に手提げバッグを渡す。

俺がそのバッグに気を取られてから再び後ろに視線を向けると、すでにそこに日野《ひの》さんの姿はなかった。

忍者か何かか、あの人は。

「お手拭きも持ってきたので、これで手を清潔にしてください」

アルコールが含まれたウェットティッシュで手を拭いた後、冬季《ふゆき》は手提げバッグから取り出したランチボックスを開く。

「ああ、ありがとう」

そこには、ぎっしりとサンドイッチが詰まっていた。

そしてありがたいことに、その内半分は俺が好きなたまごサンドの黄色で染まっている。

「ハル君はたまごサンドも大好きですもんね。たくさん用意したので、ぜひいっぱい食べてください」

「本当に嬉《うれ》しい」

「たまご料理になると、ハル君はいつも以上に分かりやすく喜んでくれますよね」

冬季《ふゆき》の料理は基本どれも美味《おい》しくてどれだけ食べても幸せになれるのだが、中でもたまご料理が絶品なのだ。

俺が元々大好物ということも相まって、もはや無敵の料理となっている。

「「いただきます」」

二人で手を合わせた後、俺は早速たまごサンドを手に取った。

たまごの甘味と、絡《から》まったマヨネーズの程よい酸味と塩気。

うん、いくらでも食べられそうだ。

「お気に召していただけました？」

「うん、世界一美味《うま》い」

「ふふっ、恐縮です。こっちのハムチーズサンドも美味《おい》しいので、食べてみてください」

冬季《ふゆき》がハムチーズサンドを一つ手に取ると、そのまま俺の口の方へと突き出してくる。

これは食べさせてもらう流れだろう。

ここまで来たら、もう恥ずかしいだの何だのと言っていられない。

「はい、あーん」

「あ……あーん」

「ふふふっ、綺麗《きれい》に食べられてえらいですね」

ただ食べただけで大袈裟《おおげさ》な――とは思いつつ、冬季《ふゆき》に褒められると無条件で嬉《うれ》しくなってしまうのが俺だった。

確かにハムチーズサンドも物凄《ものすご》く美味《おい》しい。

やはり中に塗られたマヨネーズと塩コショウの塩梅《あんばい》が絶妙だ。

前に八雲《やくも》が弁当を食べて唸《うな》ったように、冬季《ふゆき》の料理はどれもこれも恋人としての補整抜きで絶品しかない。

俺の胃袋はもうすっかり彼女の虜《とりこ》だ。

「食べ終わったら、水族館の方に行ってみましょうか。ショッピングモールの方はどうしても開けられませんが、そっちならいくつか生き物も見られると思うので」

「え、見られるのか？」

「早い段階で水槽に放っても問題ない生き物だけですけどね。当然ながらアザラシやペンギンなどは見られません」

「じゃあその辺はまた今度だな」

「ええ、また今度です」

食事を終えた俺たちは、再び手を繋《つな》いで水族館へと向かう。

建てられたばかりの綺麗《きれい》な外観には、ここが水族館であると主張するお洒落《しゃれ》で巨大な看板がついていた。

それにしても、遊園地に付属している施設とは思えないくらいの規模だ。

そのまま独立して建っていたとしても何ら不思議ではないクオリティの施設であることは間違いない。

「お父様の方針としては、すべての遊びがこの園内で完結できるようにするつもりみたいですね。今後増設される予定の施設としては、大型ゲームセンターや、スポーツ施設、さらには今後需要が高まりそうなネットゲームのオフライン大会会場なんてものも作ることができるそうですよ」

「俺には想像もできない話だな……」

「私としてもまだ遠い話に感じます。……このテーマパークの名は、〝エデンズランド〟。もしお父様の思惑がすべて実現したら、ここはまさしくエデン《楽園》という名に相応《ふさわ》しい場所になりますね」

淡々と語る彼女の姿は、やはりまだ俺にとっては別世界の住民のように感じられた。

だけど、以前ほど現実味のない存在には感じない。

それはきっと、秋本《あきもと》先輩との勝負の時に言い放ってくれたからだろう。

自分たちだって、所詮はただの人間だと――。

「では、中に入りましょうか」

冬季《ふゆき》と共に、水族館の中に入る。

薄暗い館内は、とても静かだった。

時たま飼育員の人が行き来しているのが見えるくらいで、人の気配もほとんどない。

水槽と、その中を優雅に泳ぐ色とりどりの魚たち。

それらが静かな空間と相まって、幻想的な雰囲気を作り出していた。

「……綺麗《きれい》だな」

「ええ、ほんとに」

今俺たちは、本当に貴重な時間を過ごしている。

この場において、会話は必要なかった。

静かな空間をとことん楽しむために、コミュニケーションはすべて繋《つな》いだ手の中で図る。

言いたいことも、感情も、何となくでしか伝わらない。

しかし、逆に何となくで伝わっていることが驚きだった。

「……あ」

しばらく歩いた後、俺の視界にあるものが飛び込んでくる。

細長い脚に、両手のハサミ。

あれは紛れもなくカニである。

そういえば最近、カニにまつわる雑学を一つ知った。

「タラバガニって、カニじゃなくてヤドカリの仲間なんだって」

「……ぷっ」

俺がぼそりと呟《つぶや》いた瞬間、冬季《ふゆき》は噴き出すように笑い始める。

こちらとしては新しい知識を共有したいだけだったのだが――――。

「ふふふふっ、そ、そうだったんですね……意外でした」

「……本当にそう思ってるか？」

「えっと……まあ……ごめんなさい、知ってました」

苦笑いを浮かべて謝罪をしてきた冬季《ふゆき》を見て、少しだけがっかりする。

いつか冬季《ふゆき》を思い切り「へー！」と言わせてみたいものだ。

「あ、じゃあハル君、これは知ってますか？」

「？」

「かにみそって、別にカニの脳みそのことを指してるわけじゃないんですよ」

「え⁉　そうなのか⁉」

「正確にはただの内臓で、脳みそってわけじゃないみたいです。ちょっと紛らわしいですよね」

絶対脳みそだと思ってた。

「せっかくですし、この先は雑学を話しながら進みますか。気に入ったものがあれば、今度西《にし》野《の》君にでも自慢しちゃってください」

「ああ、そうするよ」

今までの沈黙はどこへやら。

そこから先の俺たちは、べらべらとおしゃべりしながら進んでいくことにした。

冬季《ふゆき》といると話題も尽きない。

もちろんお互いに黙っていても心地がいい。

結局のところ、俺は彼女と共にいられるだけでいいのだと改めて認識した。

水族館から出た俺たちは、再び遊園地側へと戻ってきた。

そしてそのまま足を止めずに向かったのは、レンタルコスチュームと書かれた建物。

どうやらここでは、園内限定で特別な衣装に着替えることができるらしい。

「ハロウィンのイベントなどを想定して作られた施設みたいですね。先にこっちに来ていれば、Tシャツを買わずに済んだのですが……」

「俺としては冬季《ふゆき》とお揃《そろ》いの服が手に入って嬉《うれ》しかったけど……」

「こっち後回しでも全然問題なかったですね！　むしろ私もハル君とペアルックができて嬉《うれ》しいですっ！」

すごい変わり身の速さだ。

「まあせっかくですし面白いコスチュームでも探してみますか。大勢に見られるわけでもないので、まあ多少開放的になってしまっても問題はないでしょう」

「そうかもしれないな」

冬季《ふゆき》に賛同し、建物の中に入る。

そこには大量の衣装がずらりと並んでいた。

着物や着ぐるみ。

それこそアニメっぽい衣装もあれば、普通の服もいくつか並んでいるようだった。

俺たちのようにウォータースターで濡《ぬ》れてしまう人もいるかもしれないし、そういう意味でもやはり需要がありそうな施設である。

「うちの学校はブレザーですし、セーラー服を着るのもありかもですね……あ、でもメイド服も可愛《かわい》い……巫女服《みこふく》もあるし……」

冬季《ふゆき》はすでに女の子の目になって服を漁《あさ》り始《はじ》めていた。

さて、俺はどうしよう。

これといってこういうコスプレがしたい、みたいなものはない。

とはいえせっかくだから――――という気持ちはある。

「ハル君、せっかくなので合わせで着替えてみませんか？」

「合わせ？」

「同じテーマでお互いの服を揃《そろ》えることです。例えば私がメイド服を着たら、ハル君がお金持ちのご主人様っぽい服を着たり、それか対極になる執事の服を着たりする感じですね」

「なるほど、それは面白そうだ」

何はともあれ挑戦しようとする心は大事だと思う。

普段のテンションのままでは中々やりにくいことも多いが、今日に限ってはその枷《かせ》をすべて取り払ってしまうべきだ。

やらない後悔よりもやった後悔とはよく言ったものである。

「合わせるんだったら……やってみたいセットがあるんですけど、いいですか？」

「ああ、むしろそこは冬季《ふゆき》に任せるよ」

「ありがとうございます。ではこれをお願いします」

そう言いながら冬季《ふゆき》が手渡してきたのは、煌《きら》びやかな装飾が施された白と青が基調となった服だった。

「そして私はこっちを」

冬季《ふゆき》が自分のために手に取ったのは、白を基調としたドレス。

所々に赤色が入っていることで、安っぽくなってしまいそうな部分がカバーされていた。

「お姫様と王子様ってことで……ちょっと子供っぽいですかね？」

「いや、可愛《かわい》いと思う」

「その可愛《かわい》いには子供っぽいっていう意味も含まれているように感じましたが……まあハル君の王子様姿が見られるならそれでいいです！」

俺たちは各々《おのおの》衣装を持ち、備え付けの試着室で着替える。

装飾が多くて中々着替えにくかったが、数分かけて何とかそのコスチュームに身を包むことができた。

(似合ってるか……？)

鏡を見ながら、細かい調整を入れていく。

髪型も少しは弄《いじ》った方がいいだろうか？

あまり整髪料はつけない人間なのだが、今日に限ってはデートということでちゃんと髪型も整えてある。

これを少しかき上げる感じにして、横に流して――――。

「まあ……それっぽくはなったか」

整髪料初心者にしては、少し横に流してみたりと色々な工夫ができた気がする。

王子様っぽいかどうかは、さておき。

「は、ハル君、ちょっとこっちに来てもらえますか？」

「ん？　ああ、分かった」

着替えを終えた俺は試着室から出て、冬季《ふゆき》の入った試着室へと向かう。

すでにカーテンは少し開いており、そこから中が覗《のぞ》き込《こ》めるようになっていた。

「あの、背中のファスナーが上げられなくて……！　申し訳ないんですけど、上げてもらえませんか？」

「それくらいお安い御よ――――」

カーテンをもう少し開き、冬季《ふゆき》の背中の前に立つ。

そしてファスナーに手を伸ばそうとした時、当然のごとく彼女のシミ一つない綺麗《きれい》な背中が視界に飛び込んできた。

背中からうなじにかけてのラインが、あまりにも綺麗《きれい》すぎる。

思わず撫《な》でたくなる気持ちを抑え込みながら、俺はゆっくりとファスナーを上げた。

「ありがとうございます、助かりました」

そう言いながら振り返った冬季《ふゆき》を見て、思わず声を失った。

純白のドレスに身を包んだ彼女の美しさが、限界を突破している。

美を超越した女神のようなその佇《たたず》まいに、俺の目は釘付《くぎづ》けになった。

「どうでしょうか。似合ってますか？」

「……ああ、すごく綺麗《きれい》だ」

「ちょ、直球ですね……でも嬉《うれ》しいです」

照れて頬を赤くした冬季《ふゆき》は、さらに可愛《かわい》い。

しかし冬季《ふゆき》はすぐにその状態から回復して、目を輝かせ始めた。

「ハル君こそめちゃくちゃ格好良いじゃないですかっ！　髪型まで変えてくれて……本当に素晴らしです！」

「あ、ありがとう……似合ってるなら安心したよ」

「ばっちりです！　せっかくなので二人で写真を撮りませんか？」

「……そうだな、思い出に残るし」

「ですねっ」

二人して近くにいたスタッフさんに頼み込み、美しい噴水広場の前で並んだ写真を撮ってもらった。

写真越しでも、冬季《ふゆき》はとても美しく魅力的に見える。

対する俺は――――まあ及第点と言ったところか。

だいぶ見た目は改善されたが、元々の容姿がずば抜けていいわけでもないため、やはりこの格好の冬季《ふゆき》の隣に陣取るのは少々荷が重いようにも感じる。

場違い感がだいぶ薄れているだけマシか、と自分に言い聞かせるしかない。

「う～～～～～！　最高です、この写真！」

撮ってもらった写真は、二人してダンスを踊っているような構図にしてもらった。

噴水の前で手を取り合い踊っている。

何だかそれ自体に物語性のようなものを感じて、少し興奮した。

冬季《ふゆき》もこれに関しては共感してくれたようで、彼女なりの解釈を聞きながら俺はこの写真をスマホのホーム画面に設定した。

「せっかくなので、このまま少し歩きましょうか。ちょっとアトラクションに乗るのは避けた方がいいかもしれませんが……今日はレンタル時間の制約とかもないので」

冬季《ふゆき》がそう言うものだから、俺たちはコスチュームをレンタルしたまま園内を練り歩いてみることにした。

正直、歩き回ることに適した格好ではまったくない。

半袖Tシャツでも過ごせてしまうような陽気だから、ジャケットの一つでも身に纏《まと》えばだいぶ汗ばむ可能性すらあった。

「何だか、お忍びでお城から抜け出したお姫様たちみたいですねっ」

だけど、そう言って楽しそうにしている冬季《ふゆき》を見ることができたから、もう何でもいい。

メリーゴーラウンドなど、衣装を巻き込まずに乗れそうなアトラクションをいくつか巡った後、俺たちは最初の方に回ったエリアまで戻ってきた。

そこにはウォーターコースターにてびしょ濡《ぬ》れになった俺たちの服が置いてある。

「風通しのいいところに置いておいたから、かなり乾いてますね」

「これならもう着替えてもよさそうだな」

「そうですね。ちょっと名残惜しいですけど、そろそろ締めに入る動きにしないといけないので」

通常営業であれば夜の十時までは開園しているが、二人だけのためにフルタイムのシフトを敷かせるのは遠慮したと冬季《ふゆき》は言っていた。

俺もそれが正解だと思う。

午前中から遊び始めて、もう夕方に差し掛かった現在。

色々と趣向を変えて楽しんでいるが、さすがに疲労感も溜《た》まってきた。

この後アトラクションに乗ったとして、あと一つか二つくらいがちょうどいいだろう。

それくらいが楽しみ切った感じがして、気持ちがいい。

「最後に一つ私は乗りたいアトラクションがあるんですけど、その前にハル君が乗りたいものを聞いていいですか？」

「そうだなぁ……ここに来てちょっと優しめのアトラクションでもいいなか？」

「私は全然構いませんよ？」

「じゃあ、ずっと乗ってみたかったのが一つあるんだ」

俺は園内マップを借りて、目当てのアトラクションを見つける。

そして二人でその場所に移動すると、そこには確かに俺のイメージ通りのアトラクションが存在していた。

「コーヒーカップですか。可愛《かわい》いですね」

「ああ。まあ、ここに来て乗るものじゃないと思うけど……」

「ハル君が乗りたいって言った時が乗り時ですっ。私のことは気にしなくていいですから」

「……ありがとう」

俺たちは二人でコーヒーカップに乗り込む。

音楽と共にカップの移動が始まり、周りの景色がゆっくりと流れ始めた。

こう言っては何だが、別に特別心が躍るというわけでもない。

メリーゴーラウンドと同じように、こういうのは少し緩めのアトラクションを挟みたい時に乗るものなのだろう。

「ハル君、どうしてコーヒーカップに乗りたいって思ったんですか？」

「……ずっとずっと前に、父さんと母さんとも遊園地に行ったんだ」

その時の遊園地はこんなに広い場所ではなく、都心よりかは田舎寄りの、小さい所だったと思う。

確かもう潰れてしまって、数年は経《た》っていた。

「閉園間際《まぎわ》で、俺が二人にコーヒーカップに乗りたいって言ってさ。でも、ギリギリ間に合わなくて……まあ、もっと早く言い出せって話なんだけど。結局俺はそこでコーヒーカップに乗り損ねてから、これまで一度も乗ってこなかったんだ」

「……」

「だから、本当にこのアトラクションだけは初めて乗るんだ。その初めての時間を、冬季《ふゆき》と一緒に過ごしたかった」

目の前にある丸いテーブルのような物に力を込めれば、カップ自体もくるりと回る。

動き自体はとても単純だ。

正直言って、スリルも心が躍る感じもない。

それでも強い幸せを感じるのは、やっぱり冬季《ふゆき》と共にいるからだと思う。

「――――ハル君」

「ん？」

「この先も、二人でたくさんの初めてを重ねていきましょう。ずっと二人でいれば、お互いの初めてを共有し合えますから」

「……ああ、そうだな」

コーヒーカップはゆっくりと動き続ける。

もうすぐ、日没だ。

「ありがとう、冬季《ふゆき》。俺はこれで満足したよ」

「ふふっ、それは何よりです」

コーヒーカップを降りた俺は、今度は冬季《ふゆき》の案内でとある場所へと向かっていた。

ゆっくりと、最後のアトラクションの全貌が見えてくる。

それは、すべての施設の中でもっとも標高が高いアトラクション、観覧車だった。

「最後の最後でベタなものをチョイスしてみました」

「高いな……一周するまでに結構時間がかかるんじゃないか？」

「ええ、正確な数字は私も聞いていませんが、おそらく二十分くらいはかかるんじゃないかと」

それは楽しみだ――――。

俺と冬季《ふゆき》は向かい合う形で観覧車の座席に座る。

ゆっくりと上がっていく視点。

汚れ一つない窓からは、テーマパークの全貌。

本当に途方もないくらいに広大だ。

「テーマパークができるって話はニュースとかで知ったけど……まさか冬季《ふゆき》の両親が大元にいるなんてな。知らなかったよ」

「ふふっ、さっきも言いましたが、本当にずっと黙ってましたから。元々開園前のどこかでハル君と二人きりで来ようと決めてはいたので、サプライズがしたかったんです」

冬季《ふゆき》は外に視線を送りながら、ポツポツと話し始める。

「このテーマパーク自体、実は私のために父が作ってくれたものなんです」

「冬季《ふゆき》のため？」

「私がまだ小さかった頃、忙しい両親は中々私と遊んでくれませんでした」

今となっては仕方のないことだって分かってますけどね――。

そう付け足した冬季《ふゆき》の声音からは、寂しさなどは感じない。

「自分が経営する側にもなったことで、両親がやっていたことがどれだけ大変なのか気づくことができましたから。でも、もちろん当時の私にはそんなこと関係ありませんでした。だからお父様に言ったのです。自由に二人と遊べるような、自分の遊園地が欲しいって」

「まさか、それで？」

「ふふっ、そうみたいですね。まあ、もう駄々をこねていた頃の私はいなくなっちゃいましたし、二人も結局忙しいままで、中々一緒に食事もできませんが……」

「そういう割には、あまり寂しそうじゃないな」

「ええ、結局私から本社の方へ行けば会えますし、寂しさはハル君が十分すぎるほど埋めてくれていますから」

そう言いながら、冬季《ふゆき》は俺に向かって微笑《ほほえ》みかける。

「ありがとうございます、ハル君。今日一日付き合ってくれて」

「……約束だったからな。ちゃんと冬季《ふゆき》のご褒美《ほうび》になってたか？」

「はいっ、もちろんです。また何か成し遂げた時は、こうしてご褒美《ほうび》をいただけますか？」

「それは構わないけど――――」

そう、今日俺がこうして冬季《ふゆき》と一緒に過ごしているのは、一応彼女が秋本《あきもと》先輩に勝った際のご褒美《ほうび》という名目になっている。

このことに関して、俺は一つ言いたいことがあった。

「冬季《ふゆき》、ご褒美《ほうび》なんて言葉を使わなくてもいいんだぞ？」

「え？」

「冬季《ふゆき》が俺を甘やかしてくれるように、俺も冬季《ふゆき》に甘えてほしいって思ってるんだ」

俺にできることは、本当に少ない。

仕事も、運動も、勉強も。どれも冬季《ふゆき》と比べれば圧倒的に劣っている。

だからもしデートをするだけで冬季《ふゆき》が喜んでくれるなら、毎日だって付き合いたいと思っていた。

「俺はいつだって冬季《ふゆき》の喜んでいる姿が見たい……そう思ってるから」

「っ……駄目ですよ、ハル君。そんなことを言われたら泣くほど嬉《うれ》しくなってしまいます」

どこか潤んだ瞳で俺を見つめる冬季《ふゆき》。

俺たちをよそに、観覧車はやがて頂上へと差し掛かった。

「あの……隣に行ってもいいですか？」

「ああ、いいよ」

冬季《ふゆき》は慎重に立ち上がり、ゴンドラを揺らさないように気を付けながら、俺の隣へと移動する。

そしてそっと俺の肩に頭を乗せてきた。

「今日のハル君は、私の我儘《わがまま》を聞いてくれる……そう考えてもいいですか？」

「いいよ、俺にできることなら」

「じゃあ、その……」

珍しいことに、冬季《ふゆき》はもじもじとして緊張している様子を見せた。

そしてしばらくの沈黙を挟んで、意を決したように口を開く。

「あの……！　キス、してほしいです」

潤んだ瞳に、上気した顔。

いつもの俺をからかう時の態度とは、大きく違うその様子。

それは彼女が本気で今言ったことを求めているという証拠だった。

「――――分かった」

差し込んだ夕陽《ゆうひ》に顔を照らされながら、冬季《ふゆき》は目を閉じた。

俺はゆっくりと、彼女の唇に自分の唇を合わせる。

柔らかい――――。

そう思った瞬間、今までにない幸せが胸の内に満ちていった。

言葉でのやり取りとは少し違う、お互いがお互いのすべてをこの身を以《もっ》て受け入れ合ったような、確かな〝繋《つな》がり〟を感じた。

「ふふふ……ファーストキスです」

「……俺もだ」

初めての喜びを分かち合った相手が、冬季《ふゆき》で本当によかったと思う。


――――たまに、考えてしまうことがあった。


もし両親が生きていたら、俺は冬季《ふゆき》とこうして歩くことができていたのかと。

もしも両親が亡《な》くなったことで冬季《ふゆき》と結ばれるという運命に行き着いたのだとしたら、複雑な気持ちを抱かざるを得なかった。

あの二人の死を、結果オーライなんかにしたくなかったのだ。

だけど、こうして歩いていると確信する。

両親が生きていたとしても、俺は冬季《ふゆき》とこうして歩いていた。

綺麗事《きれいごと》かもしれない。

ただの希望的観測かもしれない。

だからって綺麗事《きれいごと》だったかどうかも、希望的観測であったかどうかも、もう確かめようがないのだ。

だったら、言い切ってしまった方が気分がいい。

俺はどういう道を歩いていようとも、冬季《ふゆき》の下にたどり着いていた。

そう言い切ってしまった方が――――。

「えっと……もう一つ、我儘《わがまま》を言ってもいいですか？」

「全然いいよ。もっと甘えてほしい」

「あの、じゃあ……もう一周、しませんか？」

冬季《ふゆき》は低くなっていく景色を見ながら、まだまだ遠慮がちにそう問いかけてきた。

「ドキドキし過ぎて……全然景色が楽しめなかったもので」

「ははっ、そうだな。俺もだ」

結局俺たちは、スタート地点に戻ってもゴンドラから降りず、そのまま二周目へと突入した。

今度は二人で肩を寄せ合い、外の景色を眺める。

今の俺たちの間に、会話は必要なかった。

夕陽《ゆうひ》の光に包まれる中、俺たちの体が、時間が、心が、ゆっくりと溶けていく。

■エピローグ：幸せの対価

「ハル君、新婚旅行はどこに行きたいですか？」

「……はえ？」

夜、風呂上《ふろあ》がりの俺に対し、突然冬季《ふゆき》がそんな問いかけを投げつけてきた。

まるであらゆる過程をすっ飛ばしたかのような発言に、俺は一瞬自分の記憶が飛んだんじゃないかという錯覚に陥る。

「国内でもハル君と一緒なら十分なんですけど、せっかくならハワイとか、ヨーロッパの方でもいいかな、と。イタリアとかフランスとか……その辺りは私が言語を覚えるまで少し時間をいただくことになりそうですが、基本英語圏ならもういつでも行けますね。通訳や読み書きは任せてくださいっ」

「いや……あの……あまりにも気が早すぎないか？」

そもそも俺たちはまだ結婚式すら挙げてない。

「ふふっ、さすがに冗談です。新婚旅行はまたいずれ考えるとして、とりあえず夏休みに入ったら、どこか旅行へ行きませんか？」

そう言いながら、冬季《ふゆき》は旅行雑誌をいくつか目の前に並べる。

国内の温泉地について書かれたものや、海外の観光名所について書かれたもの。

俺個人としては旅行にそこまでの魅力は感じていなかったものの、こうして実際に写真等で色々見ていくと、どうしても興味を惹《ひ》かれてしまう。

「ハル君に行きたいところがあればそこで即決なんですけど……」

「逆に俺は冬季《ふゆき》の行きたいところでいいと思ってたんだが……」

「うーん、そうですね」

冬季《ふゆき》はソファーに腰掛け、ペラペラと雑誌をめくる。

「せっかく夏ですし、海のリゾート地がいいなぁくらいの気持ちはあるんですよね」

「じゃあ、やっぱりハワイとかがいいんじゃないか？」

まあ実際ハワイがどんなところなのかまったく知らないが。

「結局それが一番良さそうですね。時差も少ないですし、比較的日本語が通じることもありますし。ハル君は海外は初めてですか？」

「ああ、一度も行ったことないよ」

「じゃあ入門としてもちょうど良さそうですね。とりあえずハワイにしておきますか」

冷静に考えてみると、ハワイも中々簡単に行けるものではないと思うのだが、それは俺が気負い過ぎているだけだろうか？

――というか、そう。新婚旅行といえばだ。

「なあ、冬季」

「はい？」

「旅行もいいんだけど、その前に、冬季《ふゆき》の両親に挨拶をさせてもらえないか？」

「はい？」

冬季《ふゆき》と共に暮らし始めてもうだいぶ経《た》ったが、いまだ冬季《ふゆき》の両親とは顔を合わせていなかった。

俺と彼女の関係は、そもそも色々と順序がおかしい。

付き合う前に同棲《どうせい》していたり、婚約関係を結んでいたり。

何はともあれ、そこに両親への挨拶が抜けているのは少々不義理なのではないかと思い始めていたところだった。

「忙しいっていうのは知っているんだけど、冬季《ふゆき》の両親だって顔も見たことのない男と自分の娘が一緒に暮らしているなんて気が気じゃないだろうし……って、どうした？」

「……」

冬季《ふゆき》はどういうわけか、気まずそうに俺から視線を逸《そ》らしていた。

嘘《うそ》はつかない冬季《ふゆき》だが、代わりに不都合なことがあるとだんまりを決めるのが悪い癖である。

「……冬季《ふゆき》？」

「いや、その……お父様もお母様も……ハル君のことはよく知っていると言いますか、顔も、見ていると言いますか……」

「え？」

「あの、その、二人とも確かに忙しくて直接会うのは中々難しいんですけど……代わりにこ、これを――――」

冬季《ふゆき》は自室からノートパソコンを持ってくると、おずおずとした様子で画面を見せてくる。

画面に映っていたのは、冬季《ふゆき》とその両親だけが入っているグループチャットの様子だった。

『お父様：春幸君《はるゆきくん》はエデンズランドを楽しんでくれていたかな？』

『冬季《ふゆき》：はいっ！　ありがとうございます、お父様。私にも素敵な思い出ができました』

『お父様：それは何よりだ』

『お母様：パパ？　まだ仕事は落ち着かないの？　そろそろ春幸君《はるゆきくん》を入れて食事会を開きたいわ』

『お父様：エデンズランド関係の仕事が山積みでな……だがそろそろ終わると思う。いや、終わらせる』

『お母様：さすがパパ！　じゃあようやく春幸君《はるゆきくん》の顔が直接見れそうね！』

『お父様：私もママも春幸君《はるゆきくん》のファンだからな』

『お母様：早く会いたいわねぇ……そうだ冬季《ふゆき》、何か春幸君《はるゆきくん》の写真はないの？』

『お父様：エデンズランドで撮った写真とかないのか？』

『冬季《ふゆき》：もう、仕方ありませんね』

このやり取りの後、俺と冬季《ふゆき》がコスプレした状態で撮った写真が貼られていた。

『お父様：保存しました』
『お母様：保存しました』

――何だこのやり取りは。

「ハル君に告白するに当たり、両親にもハル君の身の回りの話を共有したのですが……それ以来二人はファンになってしまったようで」

「俺のか⁉」

「〝底知れない思いやりの心が気に入った！〟とか何とか言って、何かとハル君の情報を求められるようになりまして……実は二人とも、結構ハル君のことに詳しいんですよ？」

この娘にこの両親あり、といったところか。

やばい、無性に恥ずかしくなってきた。

「と、いうわけで……今度私の両親に会っていただくことはできますか……？」

「むしろ会わせてほしい。会わせてほしいんだけどさ……」

ちゃんと挨拶しなければならない。
それは間違いないことであり、避けては通れないことだ。
しかしいざその時のことを想像してみると、妙に恐ろしさを感じるというか――。

（……仕方ない）

幸せの対価として、この辱《はずかし》めは甘んじて受け入れよう。

あとがき

一巻から引き続き購入してくださった皆様、二巻から購入してくださった皆様、本当にありがとうございます。

改めまして、岸本和葉です。

一巻の最後に登場した八雲との絡《から》みはいかがだったでしょうか？

個人的にはある程度固まった春幸《はるゆき》と冬季《ふゆき》の関係に、新たな風を吹かせることができたと思っております。

あまり本作の中身に触れすぎてネタバレしても本末転倒なので、少し自分の話をさせていただきたいと思います。

ここ最近、私は運動不足を解消するためにランニングを始めました。

記念すべき初日、私は服と靴を揃《そろ》えてさあ走ろうと外に飛び出したのですが、毎日家にこもってパソコンの前で座り続けている私の体はすぐに悲鳴を上げました。

片道二キロ、往復で四キロのランニングコースの内、お恥ずかしいことにおそらく半分以上は歩いてしまいました。

そんな自分を責めるかのように、帰《かえ》り際《ぎわ》には土砂降りの雨に打たれる始末。

初日から嫌な思いをした私が今日までそれなりにランニングを続けていられるのは、やはり将来的にも作品を生み出し続けたいからでしょうね……あとモテたい。
引き締まった体になってモテたい。
将来とかどうでもいい。今モテたい。
失礼しました、本音が漏れてしまいました。

さて、そんな欲望の塊である自分の作品に今回もかかわってくださった担当様。
前回と同じく素晴らしいイラストをつけてくださった阿月唯《あづきゆい》先生。
そして購入して読了してくださったすべての読者様。
皆様に最大限の感謝を。
また次回もお会いできることを願って――――。

◉岸本和葉著作リスト

「今日も生きててえらい！ ～甘々完璧美少女と過ごす3LDK同棲生活～」（電撃文庫）

本書に対するご意見、ご感想をお寄せください。

ファンレターあて先
〒 102-8177　東京都千代田区富士見 2-13-3
電撃文庫編集部
「岸本和葉先生」係
「阿月　唯先生」係

本書は、カクヨムに掲載された
『今日も生きててえらい!と甘やかしてくれる社長令嬢が、
俺に結婚してほしいとせがんでくる件　～完璧美少女と過ごす3LDK同棲生活～』
を加筆修正したものです。

電撃文庫

今日《きょう》も生《い》きててえらい！2
〜甘々完璧《あまあまかんぺき》美《び》少女《しょうじょ》と過《す》ごす 3LDK 同棲生活《どうせいせいかつ》〜

岸本和葉《きしもとかずは》

2022年５月10日　初版発行

発行者　青柳昌行
発行　株式会社KADOKAWA
〒102-8177　東京都千代田区富士見 2-13-3
0570-002-301（ナビダイヤル）
装丁者　荻窪裕司（META＋MANIERA）
印刷　株式会社暁印刷
製本　株式会社暁印刷

ISBN978-4-04-914393-5　C0193　Printed in Japan

電撃文庫　https://dengekibunko.jp/

電撃文庫創刊に際して

文庫は、我が国にとどまらず、世界の書籍の流れのなかで〝小さな巨人〟としての地位を築いてきた。古今東西の名著を、廉価で手に入りやすい形で提供してきたからこそ、人は文庫を自分の師として、また青春の想い出として、語りついできたのである。

その源を、文化的にはドイツのレクラム文庫に求めるにせよ、規模の上でイギリスのペンギンブックスに求めるにせよ、いま文庫は知識人の層の多様化に従って、ますますその意義を大きくしていると言ってよい。

文庫出版の意味するものは、激動の現代のみならず将来にわたって、大きくなることはあっても、小さくなることはないだろう。

「電撃文庫」は、そのように多様化した対象に応え、歴史に耐えうる作品を収録するのはもちろん、新しい世紀を迎えるにあたって、既成の枠をこえる新鮮で強烈なアイ・オープナーたりたい。

その特異さ故に、この存在は、かつて文庫がはじめて出版世界に登場したときと、同じ戸惑いを読書人に与えるかもしれない。

しかし、〈Changing Times,Changing Publishing〉時代は変わって、出版も変わる。時を重ねるなかで、精神の糧として、心の一隅を占めるものとして、次なる文化の担い手の若者たちに確かな評価を得られると信じて、ここに「電撃文庫」を出版する。

1993年6月10日
角川歴彦

電撃文庫DIGEST　5月の新刊

発売日2022年5月10日

続・魔法科高校の劣等生
メイジアン・カンパニー④
【著】佐島 勤　【イラスト】石田可奈

達也はFEHRと提携のため、真由美を派遣する。代表レナ・フェールとの交渉は順調だが、提携阻止を目論む勢力が真由美たちの背後に忍び寄る。さらにはFAIRもレリックを求めて怪しい動きをしており——。

豚のレバーは加熱しろ（6回目）
【著】逆井卓馬　【イラスト】遠坂あさぎ

メステリア復興のため奮闘を続ける新王シュラヴィス。だが王朝を挑発するような連続惨殺事件が勃発し、豚とジェスはその調査にあたることに。犯人を追うなかで、彼らが向き合う真実とは……。

わたし、二番目の彼女でいいから。3
【著】西 条陽　【イラスト】Re岳

橘さんと早坂さんが俺を共有する。「一番目」になれない方が傷つく以上、それは優しい関係だ。歪で、刺激的で、甘美な延命措置。そんな関係はやがて軋みを上げ始め……俺たちはどんどん深みに堕ちていく。

天使は炭酸しか飲まない2
【著】丸深まろやか　【イラスト】Nagu

優れた容姿とカリスマ性を兼ね備えた美少女、御影冴華。彼女に恋する男子から相談を受けていた久世高の天使に、あろうことか御影本人からも恋愛相談が……。さらに、御影にはなにか事情があるようで——。

私の初恋相手がキスしてた2
【著】入間人間　【イラスト】フライ

水池さん。突然部屋に転がり込んできて、無口なやつで……そして恐らくは私の初恋相手。彼女は怪しい女にお金で買われていた。チキと名乗るその女は告げる。「じゃあ三人でホテル行く？　女子会しましょう」

今日も生きててえらい!2
～甘々完璧美少女と過ごす3LDK同棲生活～
【著】岸本和葉　【イラスト】阿月 唯

俺と東条冬季の関係を知って以来、やたらと冬季に突っかかってくるようになった後輩・八雲世良。どうも東条冬季という人間が俺の彼女として相応しいかどうか見極めるそうで……!?

サキュバスとニート②
～くえないふたり～
【著】有象利路　【イラスト】猫屋敷ぶしお

騒がしいニート生活に新たなる闖入者！　召喚陣から飛び出してきた妖怪《飛縁魔》の乃艶。行き場のない乃艶に居候してもらおうと提案する和友だったが、縄張り意識の強いイン子が素直に承服するはずもなく……？

新作
ひとつ屋根の下で暮らす完璧清楚委員長の秘密を知っているのは俺だけでいい。
【著】西塔 鼎　【イラスト】さとうぽて

黒河スヴェトラーナは品行方正、成績優秀なスーパー委員長である。そして数年ぶりに再会した俺の幼馴染でもある。だが、黒河には“ある”秘密があって——。ビビりな幼なじみとの同居ラブコメ！

新作
学園の聖女が俺の隣で黒魔術をしています
【著】和泉弐式　【イラスト】はなこ

「呪っちゃうぞ！」。そう言って微笑みながら近づいてきた冥先輩にたぶらかされたことから、ぼっちだった俺の青春は、信じられないほども楽しい日々へと変貌する。しかし順調に見えた高校生活に思わぬ落とし穴が——

新作
妹はカノジョにできないのに
【著】鏡 遊　【イラスト】三九呂

春太と雪季は仲良し兄妹。二人でゲームを遊び、休日はデートして、時にはお風呂も一緒に入る。距離感が近すぎ？　いや、兄にとってはいつまでもただの妹だ。だがある日、二人は本当の兄妹じゃないと知らされて!?

第28回
電撃小説大賞
金賞
受賞作
エンド・オブ・アルカディア
死ぬことのない戦場で死に続けた彼と彼女の、邂逅と共鳴の物語！
蒼井祐人
Yuto Aoi
【イラスト】──GreeN
END OF ARCADIA
彼らは安く、強く、そして決して死なない。
究極の生命再生システム《アルカディア》が生んだのは、複体再生〈リスポーン〉を駆使して戦う１０代の兵士たち。戦場で死しては復活する、無敵の少年少女たちだった──。
電撃文庫

My first love partner was kissing
私の初恋相手がキスしてた
[Iruma Hitoma]
入間人間
[Illustration] フライ
私の家に、ある日彼女がやってきて——
STORY
うちに居候をすることになったのは、隣のクラスの女子だった。
ある日いきなり母親と二人で家にやってきて、考えてること分からんし、
そのくせ顔はやたら良くてなんかこう……気に食わん。
お互い不干渉で、とは思うけどさ。あんた、たまに夜どこに出かけてんの？

電撃文庫

陸道烈夏
illust
らい
『命《タマ》とられちゃったけど、文句あるか？』
この少女、元ヤクザの
組長にして――!?
守るべき者のため、
兄（高校生）と妹（元・組長）が蔓延る悪を討つ。
最強凸凹コンビの
任侠サスペンス・アクション！
タマとられちゃったよおおおお
YAKUZA GIRL
電撃文庫

チアエルフがあなたの恋を
石動 将
Illust. 成海七海
応援します！
Cheer Elf ga anata no koi wo ouen shimasu!
「あなたの片想い、
私が叶えてあげる！」
恋に諦めムードだった俺が道端で拾ったのは
——異世界から来たエルフの女の子!? 詰んだ
と思った恋愛が押しかけエルフの応援魔法で
成就する——？　恋愛応援ストーリー開幕！
電撃文庫

その日、高校生・稲森春幸は無職になった。
親を喪ってから生活費のため労働に勤しんできたが、
少女を暴漢から救った騒ぎで歳がバレてしまったのだ。
路頭に迷う俺の前に再び現れた麗しき美少女。
彼女の正体は……ってあの東条グループの令嬢・東条冬季で——!?

電撃文庫